講談社文庫

戦始末

矢野 隆

講談社

戦始末

目次

戦始末

禿鼠の股座

額に汗を滲ませ、男が震えていた。信長は苛立つこともなく、小刻みに揺れる男の唇を見つめている。先刻、己が報せた事実が、どれだけ重大なことなのか、男は解っているのだろう。みずからの所業でもないくせに、情けないくらいに震えていた。

男の報告を聞いてもなお、しばらく黙っている信長を恐れ、左右に控える家臣たちはひと言も発しない。皆が固唾を呑んで、主の言葉を待っている。

「下がれ」

平たい声で信長が言うと、安堵した男の頰がわずかに緩んだ。己が主をそれほど恐れることもあるまいにと思いながらも、ねぎらうような言葉はかけない。信長の気が変わらぬうちにと、男は甲冑を激しく鳴らしながら部屋を出ていった。

「聞いたとおりじゃ」

言葉を呑んだまま固まっている家臣たちに告げる。

「よもや……」

口火を切ったのは、家中一の猛将であった。

「あの長政(ながまさ)めが裏切るとは」

勝家(かついえ)は、猛々(たけだけ)しく四方八方に毛先を伸ばした髭(ひげ)を震わせてつぶやいた。勝家の言葉に誰もがうなずく。信長の妹、市(いち)を嫁にした長政は、近江浅井(おうみあざい)家の若き当主である。信長の義弟。

血によって結ばれた同盟を覆(くつがえ)され、家臣たちは信じられない様子だった。動揺の色を面に滲ませながら、勝家の正面に座る細面(ほそおもて)の長秀(ながひで)が口を開く。

「浅井が寝返ったとなれば、京、岐阜(ぎふ)いずれへの退路も阻(はば)まれたことになりまする」

掛かれ柴田(しばた)に米五郎左(こめごろうざ)。勝家が戦(いくさ)の魁(さきがけ)ならば、長秀は政(まつりごと)の元締だ。勝家が長政の裏切りに動揺し、長秀が退路を断たれたことを憂慮(ゆうりょ)する。情と理を二人で受け持つ。いつもの軍議の光景と変わりない。

尾張(おわり)と美濃(みの)を手中にし、広大な平野を獲得して米と金を貯え、近江の浅井に妹をやって京への道を築く。上洛を果たし、他人に縋(すが)るしか能のない義昭(よしあき)を将軍にし、諸国の大名たちを従える大義名分を得る。思い描いていた通りに、事は進んでいた。

上洛して帝(みかど)と将軍の権威を利用できる立場になり、次に欲したのは、北の海から京へと繋がる道である。越前敦賀は、北の海を往来する船を収容する巨大な港だ。ここを抑えれば、北の海から北国街道を経て琵琶湖に至り、水路を利用し京までの物の流れを獲得できた。

富は力だ。富があれば民が集まり、より多くの兵が養える。この国で一番の富を持つ大名が天下を治めるにふさわしい。だから信長は、どうしても敦賀を欲した。

各地の大名たちに、将軍の名で上洛を命じたのも、敦賀を得るための方策であった。実際には信長の命であることなど、百戦錬磨の大名たちは百も承知である。越前の朝倉義景は、とうぜん上洛の命を無視した。

「武藤友益などという小物を利用し、浅井に断わりを入れなんだのが、裏目に出申したな」

右方中程に座る老人がつぶやいた。六十にならんとするくせに、髪が黒々としている男は、虚空に目をさまよわせたまま、にやついている。

「断っておったら、長政は大人しゅうしておったと申すか松永殿」

上座にある勝家が、老人に問う。松永久秀。それが老人の名だ。久秀は勝家の方を見もせずに、首を傾げた。

「この世は起こりしことのみが全て。もし、などと語るは無益なことにござろう」

勝家は鼻を鳴らして久秀をにらむと、広間の最奥に一人で座す信長を見た。

「このまま敦賀に留まっておれば、我等は逃げ道を失いまする」

長秀とさほど変わらないことを、勝家が語る。戦場での勇猛さは誰もが舌を巻くが、こういう時にはなんの役にも立たない。信長は勝家を無視して、口を閉ざした。

若狭の国人、武藤友益の成敗と称し、信長は三万もの大軍を北へ進めた。武藤などは当然、建前で、本当の目的は朝倉にあった。浅井と朝倉には先々代から続く好がある。長政との縁組の際、朝倉を攻めることがあるならば、浅井に報せるという約定を交わしていた。しかし、今回の出兵の名目は国人武藤友益の成敗である。信長は長政へ報せなかった。敢えて浅井を無視したのであるが、その辺りのことを家臣たちは気付いていない。

近江を抜けた信長は武藤友益を攻めず、敦賀の天筒山城に狙いを定め、一日で落とした。千三百七十の首を挙げるという快勝である。容赦ない織田のやり方に恐れをなした引壇、金ヶ崎の兵たちは、城を捨てて逃走。信長は三日ほどで敦賀の要衝に位置する三つの城を落とし、あっけなく北の海から京へと通じる道を手に入れることに成功した。しかし、敵の消えた金ヶ崎城に入ったこの夜、事態は急転した。

「光秀」

左方、末席近くに座る青白き顔に言った。細い目が信長にむく。笑っているのかと思うほど、口許が奇妙に吊りあがっている。しかしそれがこの男の常態だった。

「公儀は以前、一乗谷におったそうだな」

将軍・義昭は、信長の力を借りようと岐阜に入る以前、越前朝倉を頼ったという。本拠の一乗谷で朝倉義景の歓待を受け、二年あまりの歳月を越前で過ごした。

「左様に聞いております」

光秀が答えた。この男は織田家に仕えながら、義昭とも主従の契りを結んでいる。長秀並に頭が切れる上、戦をやらせれば勝家に負けぬほど器用に兵を動かす。勇猛さでは勝家に軍配があがるが、見劣りせぬ見事な用兵をする。使い勝手が良いから、兼帯を許した。しかし、義昭と己、いずれはどちらかを選んでもらうことになるだろう。

「公儀は此度のこと、知っておったのか」

「お戯れを」

言った光秀の口許が、余計に吊りあがった。今度は笑っているらしい。線のごとき瞼の間からのぞく醒めた瞳が、信長を冷たく射る。

「浅井の寝返り、殿はお待ちであったのでは」

やはり、と信長は心で笑う。もし、己の底意を見透かす者がいるとすれば、恐らく光秀であろうとは思っていた。

信長は浅井の裏切りを待っていた。

かねてより近江は、長政とその父、久政の意見の相違で揺れているという報を受けていた。妻との縁を第一に思い、織田家に臣従を誓う長政。長年、近江支配の後ろ盾として支えてくれた朝倉との義理を第一とする父、久政。二人の立場の違いが、どこかで限界を迎えるとは思っていた。ならば、そのきっかけを己が作ってやろう。朝倉征伐を浅井に報せずに強行したのには、そういう底意もあった。

吉と出るか凶と出るか。結果は、凶。長政は裏切った。しかし、信長に家臣たちほどの動揺はない。人という生き物はそういうものだ。どんなに信じていても裏切る。信長自身、多くの者を裏切って、今の地位を築いたのだ。長政を責めるつもりはない。が、反目したからには、敵である。敵は潰す。

「退く」

声を張り上げ、皆に告げた。そしてすぐに、ささやくように続ける。

「兵どもにはまだ伝えるな」

家臣たちが戸惑うのを無視して、虚空を見つめる老人を見た。

「久秀」

「ははっ」

「お主、朽木谷の朽木元綱と懇意であると、以前申しておったな」

老人がうなずく。

朽木谷は浅井の本拠小谷城と、琵琶湖を挟んだ対岸に位置している。浅井領ではあるが、長政が率いる本隊の動きを牽制しながら逃げるには、朽木谷を越えるのが一番であった。

「すぐに朽木谷に走り、元綱を籠絡せよ。お主が発ち、しばらくしたら儂も行く。なんとしても元綱を味方に引き込め。お主の兵は儂の隊に加え、ともに退かせる故、心配するな」

「承知仕りました」

久秀が歳のわりに素早く立ち上がると、するすると部屋を出て行く。

「殿軍は如何に」

長秀が言った。

浅井が敵に回った時のことは、すでに考えている。朽木谷の元綱を籠絡し、退路を確保することも、殿軍を誰にするかも前々から頭のなかにあった。

「光秀、勝正(かつまさ)」

白い顔に張りついた笑みは揺るがさずに、光秀が頭をさげる。勝正は固い物を呑み込んだように、一度喉を大きく上下させてから、背筋を伸ばして大仰にひれ伏した。

池田(いけだ)勝正は摂津(せっつ)守護として、今回の戦に参陣していた。愚直だが、何事にも物怖(ものお)じしない胆力を持っている。

光秀が頭、勝正が胴だ。

あとは足を探す。光秀が考え、勝正の兵が敵の壁となる。足である者が、皆を前へと進めてゆく。

奴しかいない。

何をやらせても前のめりで器用だが、生まれの卑しさが災いして、家中の皆から蔑(さげす)まれている。この辺りで、目覚ましい武功を挙げさせ、周囲の目を変えてやろう。

「禿鼠(はげねずみ)」

「ひぃやぁっ」

耳を刺すような悲鳴が、末席であがった。貧相な小男が、腰を抜かしている。

木下藤吉郎秀吉(きのしたとうきちろうひでよし)。

「死にたくなくば死に物狂いで走れ禿鼠」

さもしい顔を歪ませて、秀吉は床に額を擦りつけた。

＊

殿軍を任された三人とその兵以外、金ヶ崎に残る者はあっという間にいなくなった。

「我先に逃げ出すなんて……。いったいあの人ぁ、何考えてんだ」

陽も当たらぬ湿った石段に座り、秀吉は一人つぶやく。廓を仕切る塀の一番奥まった、人の通らぬ場所を選んでいるから、周囲にひと気はない。すこし遠くから男たちの忙しない声が聞こえてくる。気合の籠った声を張り上げながら、来たるべき敵に備えている。

「何が死にたくなければ、だ」

言った本人が、誰よりも先に逃げた。みずからの兵を整えもせず、桶狭間の時のごとく単騎で城から出て行ったのである。残された家臣たちは、長秀の差配でなんとか体裁を取り繕いはしたが、殿軍を命じられた秀吉から見れば、脱兎のごとく、見境のない逃げっぷりであった。

誰でも命は惜しい。ならば、死ねと言われた己はどうか。死にたくなければ死に物狂いで走れと、主は言った。死ぬ気にならねば、やはり己は死ぬのだ。

石段に座り、膝をすぼめている。こんな姿を、誰にも見られたくはなかった。どんな苦境に立たされても、明るく笑ってやりきるのが、秀吉という男なのだ。主の側室に取り入って織田家に潜り込んでからこれまで、明るさと機転だけを拠り所にしてやってきた。

しかし今回ばかりはさすがにこたえる。

浅井の裏切りによって北国街道は通れない。主たちは琵琶湖の西岸を逃げていく。もちろん秀吉たちも主を追うのだが、北国街道よりも細い峠道である。三万もの大軍が逃げおおせるだけの時を稼ぐのだ。一日二日は凌がねばなるまい。明智、池田と己の兵を合わせても四千あまりの兵である。主の命を狙う敵の激烈な攻めが予想された。万を超す軍勢を差し向けてくるだろう。

勝ち目などない。そもそも逃げるのだ。

膝の間に頭を挟み、深い溜息を吐く。足の間にある一物が、痛いくらいに怒張している。女のことを考えもせぬのに、昂ぶりだけが萎えずに続いていた。

城から去る将たちの会話が、頭を過る。

〝やっとあの猿も、捨てられる時が来たか〟

〝下賤な身でありながら、信長様にうまく取り入り、侍大将など、これまでが出来過ぎだったのだ〟

〝儂は信長様が見事じゃと思うたぞ。百姓上がりでも使える間は上手く使う。こういう時に捨て駒として切り捨てるためにの〟

〝奴が死んでも織田家は揺るぎはせぬ故な〟

〝兼帯の白面(はくめん)と、摂津の地侍、そして百姓上がりの猿。どれも捨て駒にするために飼っておったとしか思えんな〟

ひとしきり笑った後、彼らは秀吉が聞いていることに気付かぬまま、城から逃げていった。

「儂は捨て駒じゃ」

己の浅はかさに涙が出る。信長様は他の大名とは違う。才を顕(あら)わせば、必ず認めてくれるはず。才があれば百姓だって、立派な侍に取り立ててくれる。その想いで、必死に働いた。下賤の身の上で培(つちか)った縁であろうと、なりふり構わず使って、墨俣(すのまた)に城を建ててやりもした。

認めてくれたのだと思っていた。小間使い同然の身分から、足軽、侍大将へと、身分はぐんぐん上がっていったが、すべてはこの日のためだったのか。いつかは捨て駒にするために。

秀吉には他の将たちのように、拠って立つ地がない。地縁によって結ばれ、秀吉でなければ治められないという場所がない。信長に買われていたのは、この身ひとつ。家臣たちの会話が、身に染みる。

頭に膝頭がめり込む。このまま縮こまるだけ縮こまって、消えてしまいたかった。主に見放され逃げることもできぬ今、生きる望みなどない。どうせ死ぬのなら、敵の刃にかかって痛い目に遭って死ぬよりも、雨中の砂山のごとく、溶けて無くなってしまいたかった。

男根は漲ったまま。もう二度と、女とやることはないのか。そう思うと、たまらなく女が欲しくなった。柔らかいものに全身を包まれて、嫌なことのすべてから逃げだしたかった。

「こんな所におったか」

一番見つかりたくない奴に見つかってしまった。秀吉は膝に頭を挟んだまま、答えもしない。足音が近づいてきて、石段の下で止まる。

「軍議が始まるぞ」

「放っておいていただきたい」

「お主も将であろう」

「明智殿と池田殿でお決めになれば宜しかろう。儂はお二人の指示に従い申す」

「本気で申しておるのか」

答えずにいると、生温い気配が隣に座った。

「儂も池田殿もお主よりも新参。古参のお主が仕切らずしてなんとする」

「御公儀とも主従を誓われ、殿の覚えも目出度い明智殿ではございませぬか。儂などに気兼ねすることなく、万事お定めくだされ。儂は敵に一番近い場所に配していただいて宜しゅうござる」

「良いのか」

膝から少しだけ頭を外し、横目で隣を見た。光秀の青白い顔は、秀吉ではなく前方の白茶けた土塀にむけられている。細長い目をわずかに弓形に歪め、微笑んでいるように見えたが、それがこの男の常態であった。笑っていないが、どこか笑みを思わせる顔付きである。こんな切羽詰まった状況では、余裕が滲み出ているように見えて、妙に腹立たしい。

「お行きくだされ」

「お主は殿のことを好き過ぎて、真の主を忘れておるようじゃ」

「真の主」

どんなにひどい仕打ちを受けようと、秀吉にとって主は信長以外にあり得ない。気付けば顔を膝から離して光秀を見ていた。秀吉へ、光秀が真剣な眼差しをむける。

「真の主は、己以外にあるまい」

「はへ」

きっぱりと言い切った光秀に、秀吉は呆けた声しか返すことができなかった。

「皆、儂らの死は必定だと思うておろうな」

殿軍とは捨て駒である。

「儂は元牢人。お主は百姓。そのような者が這い上がるためには、必定を越える働きをせねばならぬ」

儂はな、と前置きをして、光秀が続ける。

「織田家の誰よりもお主が恐ろしい」

「儂が」

光秀がうなずく。

「織田家の将としての己に疑問を持たず、唯々諾々と主の命に従っておる者たちより、殿の元にしか己の居場所はないと、必死にしがみつくお主の方が、必定を越えうるだけの才を秘めておる。だから儂はお主が恐ろしい」

「光秀殿」

さて、と一度気合を入れてから、光秀が立ち上がった。そして数段ある石段を一気に飛び降り、秀吉に背を見せ歩きだす。

「早う来られよ。皆、待っておる」

「皆とは」

「ぐずぐずしておると、敵が来る」

光秀の背が小さくなってゆく。

うつむいた。

萎(な)えていない。

少し前かがみになったまま、秀吉は立ち上がって石段を降りた。

半日前まで主がいた部屋に、膨(ふく)らんだ前をかばうように尻を退きながら入ると、意外な男が座っているのを見た。

「徳川(とくがわ)殿」

秀吉はふくよかな男の名を呼んだ。三河の大名、徳川家康。桶狭間の勝ち戦以来の、主の盟友である。此度の戦では援軍として越前に赴いていた。

「信長殿に置いてゆかれましてな」

そう言って丸顔の大名は、ゆったりと笑った。唇が曲がったせいで頬の肉が盛り上がる。

右方に光秀、左方上座に家康が座り、下座に勝正が座っている。

「秀吉殿」

光秀の手が、己の左方を指した。うながされるまま秀吉は、光秀の隣に座る。すると家康がぼってりとした唇を開いて、逼迫する城内の気配には似つかわしくないほどおおらかな声を吐いた。

「置いてゆかれたのなら致し方あるまい。小勢にて残された皆様の加勢でもいたさんと、城に残りましてござる」

最も立場が上の家康が、丁重な物言いで告げる。

「三河遠江の兵一万。皆様の陣に加えていただきたい」

「心強きお言葉、感謝のしようもありませぬ」

光秀が答えて頭を下げる。一万の兵は大きい。死ななくてすむかもしれぬ。秀吉もる。

勝正とともに辞儀をした。家康は呑気に笑いながら、丸い右手をひらひらと振ってい
「さて、皆様の兵は如何ほどにあられましょうや」

家康の問いに光秀が答える。

「池田殿の三千に、秀吉殿と某が七百ずつ。四千四百あまりが我が方の全て」

「そこに儂の一万が加わり、一万四千四百。うむ、十分ではござらぬか」

「はいっ」

秀吉は思わず声を上げた。快活な声に、家康がにこやかにうなずく。

「しかし」

光秀が口をはさむ。

「家康殿の兵を損なう訳には行きませぬ。我等三人が、あくまで此度の殿軍。家康殿には真っ先に逃げていただきまする。三河遠江一万の兵が完全に退いた後に、我等が続きまする」

「安心なされ、この戦で武功を求めておる訳ではない」

たしかに家康は三河、遠江の大名。いまさら小さな武功で身を立てる必要などない。では、何を狙っているのか。恐らく勇名であろう。小勢で金ヶ崎に取り残された

秀吉たちを義により救ったとなれば、家康の勇名は天下に鳴り響く。光秀は家康の魂胆を機敏に察し、信長に命じられた三将のみで殿軍を務めようとしている。

武功という言葉が、それまで死ぬことしか頭になかった秀吉を目覚めさせた。家康の一万が加わり殿軍をやりおおせても、信長は良くは思うまい。秀吉は意を決し、胸を張った。股間の秘密がばれぬよう、胡坐の膝をわずかに高く保ち、床に付けた尻はいつもより少しだけ奥にやっている。

「光秀殿の申される通り、我等が殿軍を相務め申す。家康殿の背は我等がお守りいたす故、安心して兵をお進めいただきたい」

「秀吉殿までそう申されるか。で……」

家康の目が勝正にむけられる。

「池田殿はどう思われまするかな」

「わ、儂は」

二国を統べる大名に射竦められ、摂津の小領主は戸惑い、目を逸らした。そしてしばし逡巡してから、小さい声を吐く。

「徳川殿が加勢を申し出てくれておるのじゃから、無下にお断りするのは如何なものかと思うが」

「そう申していただけると、残った甲斐がありまする」

勝正の言葉に満足した家康は、満面の笑みで二重になった顎をさすった。まだ三十にも満たない若さでありながら、なかなかの肉付きである。が、肥って動けないというほどではない。丸いくせに全身が固く締まっている。

「明智殿、木下殿。儂も殿軍に加えてはいただけませぬかな」

「我等は一旦、敵と合戦に臨む所存。その後、皆を追って朽木谷へとむかいまする。足止めの戦の際、我等とともに戦っていただきたい。そして、先に退却を始めていただき、真っ先に京へと戻っていただく。これで如何」

光秀の淀みない言葉を黙って聞いていた家康の目が、妖しく光っていた。万事緩やかな男であるが、眼光の凄まじさは主にも引けを取らない。飄々としたその風貌と、底を見せぬ態度。秀吉は家康に、人をたぶらかす狸を見た。光秀としばし睨み合っていた家康は、ふっと気を抜き笑った。

「心得もうした」

答えて家康は小さく笑い、固く締まった腹の肉を揺らした。

「其方らとともに戦うのは楽しみじゃ」

家康の目が、光秀と秀吉を同時に捉えていた。ぬらぬらと光る瞳に、勝正は映っていない。

「我等と」

秀吉がつぶやくと、家康は丸い頭を上下させた。

「数多いる織田の将のなかでも、ひと際目を引くお二方と馬を並べるなど、そうそう無き機会である故、久方振りに血が沸いておる」

光秀は黙ったまま、家康を見つめている。わずかに上った口角は、笑みではない。この三河の領主の底を見極めんと、秀吉は息をするのも忘れて家康を見つめる。しかし緩やかに構えたままの家康は、どれだけ覗けど底が見えなかった。妖光を放つ瞳の奥へ潜ってみても、その先にあるのは茫漠とした闇だけで、心の揺らめきはどこにもない。冷徹であってもどこか憎めない光秀などより、恐ろしいと思う。そこまで考えて、秀吉は家康から目を逸らした。家康は味方なのである。相対することを考える必要はない。敵としてむかい合えば、これほど恐ろしい者もいないだろうが、味方であればこれほど心強い者もないということだ。家康と三河遠江の一万。なによりの後詰である。

そんなことを考えていると、股間が痛いくらいに膨らんできた。狸と狐の何が良いのかと己に問う。

「さてそろそろ敵が参りますぞ。我等も兵を纏めて迎え撃つ用意をせねばなりますまい」

家康が腰を浮かせるのをきっかけとして、三人の将も同時に立ち上がった。

三河の兵たちの戦いぶりが、とにかく凄まじい。

浅井とかねてより申し合わせていたとしか思えないほど、朝倉の動きは素早かった。過日の戦いで城を捨てた金ヶ崎と引壇の兵を糾合した朝倉義景の本隊は、万を超す大軍で金ヶ崎城に迫ると、城を抜けて朽木谷へと至る道の前で待ち構える秀吉たち殿軍へと襲い掛かった。彼らの目的はもちろん秀吉たち殿軍ではない。先を行く主の首を求めての進軍である。こちらの抵抗などは気にせぬかのように、なりふり構わず攻めてきた。

家康の一万を主軸として、勝正の三千が先備え、秀吉と光秀の七百が家康の両翼に付ける。秀吉は右方を任されていた。

敵の勢いに呑まれ、勝正の兵が後退してゆくなか、家康は一万を押し出し、入れ替わるようにして敵に激突する。寸前まで猛烈に押していた敵の勢いが、家康の兵とぶつかると同時に止まった。

「三河の兵は精強と常々聞いておったし、見てもおったが、これほどまでとは思わなんだぞ」

　馬を並べて控える弟の秀長に、語りかける。弟は唾を呑み込み、うなずいた。

「これならば勝てるやも知れぬぞ」

　希望ではなく、素直にそう思った。

「敵は大勢。いかに徳川様が奮戦なされていようと直に息が切れ申す。ぼんやり見ておる暇はありませぬぞ兄上。明智殿が動き始めておりまする」

　徳川の兵の先に目をやると、光秀の七百が前進を始めていた。

「奴め、敵の横腹を突くつもりじゃ」

　言うと同時に右手を挙げた。

「全軍進めっ。目指すは敵の横腹じゃっ」

　秀吉の叫びが七百の味方に伝わり、動き出す。正面の徳川の兵に集中している敵は、横からの攻撃をまともに受けた。

　秀吉は兵たちの一番奥に構えて、成り行きをうかがっている。ここで死ぬわけにはいかない。秀吉が討たれれば、七百の兵は主を失う。

　みずからに対する言い訳である。

死にたくなかった。死が必定である状況に置かれながらも、秀吉は死を厭うていた。ここにいる全ての者が死ぬとしたら、最後の一人が己でありたい。

「行けっ、一人でも多くの敵を道連れにするのじゃ」

味方を奮い立たせる言葉を吐きながら、己は槍も太刀も握っていない。先刻まで隣にいた秀長は、敵に突入し姿が見えなくなった。皆が生きるために戦っている。しかし秀吉は一人、埒外にいた。魔羅は相変わらず滾ったままだ。

勢いに押されて崩れるにつれ、七百あまりの兵が、敵の中に綺麗に収まってゆく。前進する味方に引っ張られるようにして、秀吉もまた戦いの渦中へと引き摺り込まれる。己だけが味方から離れて見守る訳には行かない。心では後退を望みながら、秀吉は泳げぬ童が水に潜るかのごとく、鼻から深く息を吸い、敵のなかへと身を没した。

儂の身だけを守れ。

周囲の兵たちに心で叫ぶ。しかし口から出てくる言葉は、我が身を顧みぬ勇壮なものばかりだった。

「さぁ、儂らはここで死ぬのじゃっ。派手に死に花を咲かせ、後の語り草になろうぞっ」

思ってもいない言葉が、次から次に口から溢れだす。それを聞いて味方の兵たちが、より一層果敢に敵に深入りしてゆく。徳川の奮戦により、敵は勢いを失っていた。左右から明智、木下両軍の突撃を受け、やや後退を始めている。

早く退いてくれ。

「敵は逃げ腰じゃ。喰らいついて離すでないぞっ」

敵の只中にいればいるだけ、死の気配は濃くなってゆく。一刻も早く、この場から立ち去りたかった。

戦など嫌いなのだ。美味い飯を喰い、良い女を抱き、好きなだけ偉そうにものが言える。そんな男になりたくて、選んだ道が侍であったというだけなのだ。死ぬために主に仕えた訳ではない。桶狭間も墨俣も、美濃攻めも。これまで命懸けでやってこれたのは、生きる道が残されていたからだ。生きて務めを果たせば、褒美が待っている。またひとつ伸し上がれる。そう思えたから、秀吉はどれだけ恐ろしかろうと、戦場に立ち続けていられた。しかし此度は違う。今は敵を押していたとしても、このまま戦い続けていれば必ず死ぬ。

「敵が退いておりまするっ」

「徳川様の兵も槍を納めた模様」

次々と伝令が姿を現し、去って行く。

「我等も止まるぞ。すぐに敵は態勢を整えて襲ってくる。速やかに撤退の準備にかかる」

恐れを悟られぬよう、皆に毅然とした態度で言いつけると、秀吉は心の底で深い溜息を吐いた。

「それでは各々方(おのおのがた)の御武運を祈っておりますぞ」

家康は丸い笑みとともにそう言い残し、一万の兵のなかに消えた。徳川軍の勢いに押されるようにして、敵の大軍は一旦兵を退いた。束の間おとずれた静寂だった。

朽木谷へと続く隘路(あいろ)を、三つ葉葵(あおい)の旗印を着けた軍勢が、隊列を細長く伸ばしながら去って行く。静かな行軍ではあるが、足取りは決して緩やかではない。混乱を来(きた)さぬために、努めて平静を装ってはいる。しかし一刻も早くこの場から逃げ去りたいのは、皆に共通した想いだ。一万人の本音が一度弾けてしまえば、収拾がつかなくなる。先を争って細い峠道に殺到すれば、撤退もままならない。一人も無駄口を叩かずに、緩やかだが駆け足で去っていく姿に、秀吉は徳川の兵の統率の高さを見た。

「先刻の戦いぶり、そしてこの行軍。家康殿の用兵は見事なものだ」

隣で見守る光秀が、穏やかに言った。口に微笑のごとき歪みがある。何を悠長なことをと言いかけて、秀吉は言葉を呑んだ。

徳川の一万が抜けた後、残されているのは三軍合わせて四千あまり。一度は撃退されたといっても、敵の損害はさほどではない。万を超える大軍が、すぐにまた襲って来る。これから先が本当の戦なのだ。いや、真の地獄である。去っていく家康の用兵などに感心している場合ではないのだ。

今度こそ死ぬ。

考えると、また股の息子がうずきはじめる。いったいどうしてしまったのかと戸惑いながら、秀吉は光秀に悟られぬようにわずかに腰を引いた。

「さて、儂らもそろそろ、動き始めるか」

光秀が徳川の兵に背をむけた。彼が見ているのは、先刻敵と戦った平野である。人馬の屍（しかばね）が転がっているのもそのままにして、みずからの兵がひと塊（かたまり）になっているのを光秀は見ていた。そこからわずかに間をへだてた左方に、秀吉の兵たちも集っている。両軍の奥、敵と一番近い場所に、池田勝正の兵が固まっている。勝正は己が兵たちの様子が気になると言って、家康の挨拶を受けるとすぐに去って行った。

「手筈（てはず）通りに動けば良い」

己が兵を見たまま、光秀がつぶやく。家康が去ると、三人の将はこれからの撤退についてふたたび話し合った。勝正の兵を中央に配し、秀吉が一番前を行く。そして敵の追撃を受け止めることになる最後尾に、光秀が陣取る。

「あの狭さじゃ。一度にかかってくる敵はたかが知れておる。我が軍の鉄砲があれば、防ぎきれるはずだ。御案じめさるな」

案じる言葉など吐いていない。思ってもいないことを、まるで心中を見透かしたかのように語る光秀の態度が気に入らなかった。それを悟られたくなかったから、秀吉は無理に笑ってみせる。

「儂等が先を行き、池田殿、明智殿を引っ張りまする」

「頼みましたぞ」

愚かな男である。みずから殿軍中の殿軍を買ってでるなど、正気の沙汰ではない。逃げ道は狭く、隊列は細く長く伸びることになる。当然、前にいればいるほど、死は遠ざかってゆく。どれだけ敵が勝ちに焦っていたとしても、近江と山城（やましろ）の国境を越えて攻めてくることはないはずだ。いかに早く、国境を越えるか。それが生死を分かつ鍵となる。光秀と勝正が壁になってくれているうちに、秀吉は己だけでも生き残るつもりだった。

「明智殿」

己が兵にむかって歩きだそうとしていた光秀の背中を呼び止めた。顔だけが振り返り、細い目が肩越しに秀吉を捉える。

「貴公は何故、そんなに死にたがる」

「死にたくはござらぬ」

「ならば何故」

「武功と勇名のためにござる」

それだけを告げると、光秀は一度小さくうなずいてから、歩きだした。

「格好付けおって」

いつの間にか握りしめていた秀吉の拳のなかは、汗でびっしょり濡れていた。


「走れ、走れ、走るのじゃあっ」

背後から聞こえる銃声に急かされるようにして、秀吉は無心で馬を走らせた。死にもの狂いの兵たちが背中を追っている。殿軍の最前列に、秀吉はいた。鞍の上で激しく揺れる股が、たまらなく痛い。張って露わになった先端が、草摺の重みで褌に打ち付けられるから、たまったものではなかった。

誰よりも早く死地を抜ける。それだけを考えて走っている。すでに殿軍の任は果たした。京に辿り着きさえすれば、主からの褒美が待っている。女もいる。これ以上の深入りは愚行だ。

背中は光秀が守ってくれている。彼の兵が壊滅しても、池田勝正がいた。勝正の兵が散る頃には、さすがに国境を越えているだろう。

愚か者に付き合う必要はない。死にたがりは死なせておけばよいのだ。生来喧嘩は弱く、誰かに腕っぷしで勝ったことなど一度もなかった。しかしどんなに殴られようと、殺されそうになろうと、必ず秀吉は勝った。

頭だ。

誰よりも速く回る。無数に浮かぶ考えを明確な言葉にすることのできる舌もある。愚直に槍を振るうことでしか功を挙げられぬ者たちと、己は違う。生きてさえいれば、幾度だって好機は訪れる。こんなところで死ぬ訳にはいかないのだ。

「隊列が伸びておりまするっ」

後ろから秀長の声が聞こえた。答えもせずに、馬を駆る。

「明智殿の兵たちが離れはじめておる様子っ。池田勢と我等の間にも少しずつ間が空きはじめておりまする」

阿呆どもは放っておけ。思いながら言葉にはしない。

たしかに銃声がかなり遠くから聞こえるようになった。最初に敵の襲撃を受けた時は、はっきりとしていた音が、ひと山越えた向こうから届いているかのごとくに小さい。秀長が言うように隊列が伸び、それぞれの隊が孤立しようとしていた。

「死にたがりめが」

光秀の顔を思い浮かべて毒づく。

「必定を越えるほどの武功と勇名……」

このまま京に戻ったとして、秀吉はどれほどの功名を得られるのだろうか。人の口に戸は立てられぬ。どれだけ秀吉がみずからの苦労を滔々と語ろうと、明智、池田両隊を置き去りにするようにして我先に逃げ出したという噂が立つだろう。

だが死にたくない。死ねばこれまでの苦労が水の泡ではないか。

〝真の主は己自身ぞ〟

光秀の言葉が頭を掠める。

秀吉の主は秀吉。己が求めるものこそが、命を懸けるに値するものなのだ。

「褒美じゃ」

何故己は生きたいのか。

答えは出た。

手綱を引き絞り、馬を止める。後ろに従っていた者たちが、急な動きについていけず、秀吉を追い抜いてゆく。そんなことは気にも止めず、馬を反転させた。

生のまぐわいが女なら、死のまぐわいは戦。抱いてくれとせがまれて、顔も見ぬなど男がすたる。

褌に擦れる一物が、ぎんと張った。

「兄上っ」

後ろから弟の声がする。

「明智殿を助けに行くぞっ」

「なっ」

「しつこい女は一発やらぬと大人しゅうならんからのっ」

叫ぶと同時に馬腹を蹴っていた。戸惑っていた家臣たちも、じょじょに状況を理解し始めてゆく。峠道を反転する秀吉の行く手が、二つに割れ、主の通過を認めると、後に続いた。

眼前に池田隊が見える。

「どいてくれぇいっ」

叫びながら勝正にむかって手を振る。

「何をしておるのじゃ猿っ」

突然のことに狼狽(ろうばい)した勝正が、悪し様に叫んだ。聞き流し、馬を駆けさせながら池田隊の眼前に迫る。

「明智殿を救うっ」

「なんじゃと」

「退いてくれっ」

秀吉の気迫が池田隊を裂く。細い峠道である。割れたは良いが、斜面に近い方の兵たちは、秀吉の手勢が駆け抜けるまで大樹や地面にしがみつくようにして動きを止めていた。

「お主等はそのまま走れっ」

「おっ、おいっ」

勝正の声は、もう秀吉には届かなかった。

銃声が近い。

「なんじゃこの様は」

隘路に踏み止まって敵と相対している光秀の兵たちを見て、秀吉はつぶやいた。明智隊が半数あまりまで減っている。隘路のなかでも特に狭い場所を選び、皆が硬く固まって、敵に銃弾を浴びせかけていた。光秀たちが朝倉の兵を見下ろす形である。地の利は光秀にあるが、何分数の差が大きい。敵はどれだけ殺されても迫ってくるようで、道を外れた斜面には両軍入り混じった骸が無数に転がっていた。

「本当に行くのか兄上」

「五月蠅いっ、黙って走れ」

己は一体何をしているのだろうか。光秀の元へ駆けながらも未だにそんなことを思っている。間違いなく、あの様は死にたがりの蛮勇だ。己がやることではない。格好や体面を気にする光秀のような男にこそふさわしい。

光秀の隊が間近に迫った。秀吉が見ている背中は、敵からすれば陣の最奥。決死の陣のなかでも最も死の気配の薄い所だ。そこに光秀がいない。

「どこじゃ」

探しながら馬を走らせる。

「どけぇっ」

明智の兵たちを怒鳴りつける。突然背後に現れた軍勢に、皆が驚いていた。槍先をこちらに向ける者も少なくない。

「木下藤吉郎っ、推参っ」

戦場に轟くように吠えた。

「推して参るっ」

明智の兵を撥ね除けるようにして、敵へと走る。秀吉の後ろを木下隊が続く。何がどうなったのか解らぬまま、明智隊は割れた。とはいえうろたえたのは一瞬、さすが明智隊である。

「明智殿っ」

いた。信じられないことに光秀は、最前列で銃を放つ者たちの側でみずから檄を飛ばしていた。

何故……。

光秀の唇がそう動いた。

「解らんっ」

秀吉は大声で答えていた。いつの間にか明智の鉄砲隊を踏み分け、敵の前に躍り出ている。背後に行き過ぎた光秀を見ていた目を、馬が進む先へ戻しながら、もう一度叫ぶ。

「儂がこの戦の始末をつける」

秀吉に敵の銃口が集中している。手綱を握る手に汗がにじんだ。馬が足を止める。敵大将が右腕を上げた。振り下ろすと同時に、銃弾が浴びせられるはず。

「死んでたまるかぁ」

言いながら馬を必死に止める。と、秀吉の両脇を無数の馬が掠めていった。敵大将が腕を振り下ろすよりも速く、味方の兵たちが騎馬のまま鉄砲隊に突っ込んでゆく。そこに銃声が重なった。幾人かの味方が馬から転げ落ちたが、それでも秀吉の家臣たちは臆せず敵を攻め続ける。

「行け」

後方から光秀の声が聞こえた。秀吉の騎馬隊を追うように、明智の旗を背負った徒歩(かち)も坂を駆け降りる。そのなかに、みずからの足で敵へと走る光秀の姿を見つけた秀吉は、鞍から飛び降り背を追った。

「光秀殿っ」

木下隊の到来で、混乱する味方の群れに、己を呼ぶ声を見つけた光秀が、肩越しに秀吉を見た。

「何故戻ってきた」

怒っている。糾弾するような険しい視線を正面から受けつつ、秀吉は胸を張って叫んだ。

「生きるためじゃ」

「このような出鱈目な突撃など、死ににいくようなものだ」

言葉を交わしつつ二人はそのまま敵の只中へと突入した。秀吉は味方に囲まれている。それなのに、あちこちに敵の姿があった。それだけ双方が深く交わっているということだ。

敵を前に、さすがに秀吉も腰の太刀を抜く。前線近くの敵は、先刻まで鉄砲を放っていた。そのまま混戦に巻き込まれてしまったから、とうぜん槍など持っていない。機転の利く者は銃を捨てて刀を抜いていたが、大半の者は貴重な火縄銃を両手に抱いたまま、どうして良いのか解らず右往左往している。その辺りは光秀は抜かり無い。今、間近で戦っている明智の兵は、いずれも槍を持っている。鉄砲隊はしっかりと後方に待たせているのだ。

鉄砲を持ったまま逃げようとする敵の首を、後ろから斬る。みずから戦うのは得意ではない。人を殺すことも嫌いだった。太刀筋が無様だから、首の骨をしっかりと断てず、敵が足元でのたうち回っている。脇から光秀の刀が伸びて来て、敵の首を貫き息の根を止めた。

「生きるためとはどういうことじゃっ。これでは共倒れではないか」

光秀が叫ぶ。背中を密着させ、互いの背後を守りながら敵と相対していた。怒りを露わにしている光秀に秀吉は答える。

「死ぬ気であったのではないか光秀殿」

答えは返ってこない。図星である。光秀はこの場に留まって、最後の一兵になるまで戦うつもりだったのだ。

「そんなことはさせぬ。儂が一緒に京まで連れて帰る」

「これだけの追撃を受けておるのじゃ。如何にして」

二人の周囲の敵は鉄砲隊が大半である。こんなに密集している場所では、銃は使い物にならぬため、危険は少ない。しかし、秀吉の騎馬隊が突っ込んでいた敵深くには、意気盛んな騎馬武者や足軽たちが控えている。今は、秀吉の兵たちと、それを追うようにして突っ込んだ明智の徒歩によって敵も押されているが、乱入の動揺から醒めれば、ふたたび数による圧が戻ってくる。

「まぁ、見ていて下され」

秀吉は腹の底まで息を吸った。そして敵から目を外し、天を見上げる。林立する木々によって遮られた狭い空は、気持ち良いくらいに真っ青だった。

この身は男根である。敵という女の只中にて、精を放つがごとくに声を吐き出す。

「良く聞けぇいっ、木下、明智両隊の兵どもぉっ」

側にいた光秀が、あまりの大声に一瞬、刀から左手を外して耳を覆った。それほどの大音声である。秀吉の声は木々にぶつかり、隘路を駆け抜けた。大声では誰にも負けない。

「お主等はなんのために生きておるっ」

答えなど求めず、問う。これを聞いた者がそれぞれの答えを心に思い浮かべれば良い。

「儂は、良い思いをするために生きておるっ」

光秀は秀吉の背後を守りながら、敵に気をやっている。秀吉は叫ぶことに集中していた。敵が来るなら来い。今が一番良いところ。精を放ちきるまで、止まるつもりはない。

「褒美を貰い、今よりも上に行き、良い思いをするっ。それが生きるっちゅうことだろっ。儂もお主等もまだ生きておるっ」

怒号や喚声に負けず、たった一人の声が戦場に響き渡る。喉が砕けそうだった。顔を上げ首の皮が張って、喉仏が苦しい。そのまま叫んでいるから、出っ張った骨が真っ二つになって割れてしまいそうなほどに痛む。それでも秀吉は声を発し続ける。

「こんな場所で死んでどうするっ。儂は生きて信長様の元へ戻るっ。そして沢山の褒美を貰い、今よりも出世するっ。美味い物を喰って、良い女を抱いて、城を建てるっ。己に正直になれぇいっ。死にたくはなかろうっ。生きたかろうっ。忘れるなっ、己の主は、己自身じゃっ」

「それは儂の」

光秀の言葉にかぶせるように、秀吉は続ける。

「儂から褒美をもらいたければ、死ぬなっ」

「おい」

「あぁぁぁっ、良い女を抱きてぇのおおおっ」

戦場に場違いな笑い声がどっと起こった。次の瞬間、戦う男たちの気が変わるのを、肌に感じた。先刻までは悲鳴に近かった喚声が、今は重く力強い。死を覚悟していた者たちの心に、生きたいという願いが芽吹いてゆく。

「さぁ、光秀殿、兵を逃がしまするぞっ」

「こっ、ここからか」

秀吉は顎を大きく上下させた。

「不格好でもなんでも良い。一丸となって逃げるのじゃ」

「しかし」

「武功と勇名を得たければ、生きて殿の元へ戻らねばなりませぬ。こんな所で、死んでおる場合ではござらん。必定を越えるのでござろう」

刀を放り捨て、光秀の両肩をつかんだ。

「良い格好をするのはお止めなされ光秀殿っ」

「ひ、秀吉……」

「さぁ、撤退の下知を」

光秀がちいさくうなずいた。秀吉はふたたび天を見上げ、大口を開ける。

「さぁ、皆、逃げるぞぉぉおっ。しつこい女からは逃げるに限るっ。やり逃げじゃあああっ」

喚声が渦となって、秀吉に応えた。敵にしっかりと喰らいついていた味方が、凄まじい速さで反転を始める。一瞬、何が起こったのか解らぬように、敵が膠着した。その間も、味方は動きを止めない。

「さぁ、走れっ」

叫びながら秀吉も走っていた。隣には細い目を真ん丸にして走る光秀の姿がある。

敵の一瞬の膠着の間に、両軍の間にわずかな隙間ができていた。我に返った敵が、逃がすまいと追いはじめる。

「国境まで走り抜けろぉぉぉっ」

秀吉の声に背中を押されるようにして、木下明智両軍の兵が一丸となって敵から逃げる。驚くべきことに、敵との間は狭まることなくぐいぐいと開いてゆく。

「なんじゃ、いったい何が起こっているのじゃ」

光秀が呆然(ぼうぜん)とつぶやく。しかしその足は休むことなく動き続けている。

「死にたいと思う者などおらぬ。人は誰も今より良き思いをしたいと願っておる。でなければこんな世など、一時だって生きてはおれぬ」

答えになっていないと思いながらも、秀吉は光秀に告げた。

「そういうものか」

何を納得したのか知らないが、光秀は一度小さく笑うと、意を決したように前だけを見つめて足を速めた。

「儂は生きるぞ秀吉殿っ」

「応っ」

笑い合う二人の後ろから、敵が銃弾を浴びせ掛けてくる。空を斬り裂く甲高い音が駆け抜けてゆく。弾を浴びた味方が倒れる。それでも誰一人として足を止めない。

「死ぬなよぉぉっ」

願いとともに秀吉は叫ぶ。

どんなに無様であろうと生きる。そこからしか何も始まらないのだ。でも、仲間を見捨てた先に希望はない。仲間とともに生きてこその明日だ。

上りだった道が、いつの間にか下り坂になっている。

「転がるように逃げ続けるのじゃぁぁぁっ」

叫んだ秀吉自身が、己の身体の重さに翻弄されるようにして坂を駆け降りる。股間がじんじんと脈打っていた。精は漏らさない。かならず女の奥に吐き出すのだ。

「やはりお主は恐ろしい奴よ」

勢いづいた己の身体を御することに精一杯な秀吉には、光秀のつぶやきに答える余裕など無かった。

＊

四日、夜通し駆け抜け、信長はようやく京に辿り着いた。最後まで従いつづけた家臣は十名足らずであった。松永久秀によって朽木元綱が浅井を裏切り、朽木谷を通れたおかげである。

それから六日あまり。いまだ帰らぬ者たちを待っている。すでに大半の将兵は戻ってきて、近江攻めの支度に取り掛かっている。態勢が整えば、反転して裏切り者を始末する戦に出る手筈であった。

殿軍を助けたという家康もすでに戻っている。奴等が戻ってくるとしたら、この二三日の間だ。

京に滞在中の宿所として度々使っている光秀の京屋敷に、信長はいる。本当の主を失ったままの広間に、一人で寝転がっていた。

やはりあの男でも無理だったか。秀吉の、屈託のない笑みを思い浮かべる。

「早う戻ってこい」

誰もいない。だからこそ、本音が口からこぼれでた。

あの百姓上がりの感情を露わにした顔を見ていると、心が和んだ。どんな状況でも、明るく前向きな秀吉は、何かというと暗い顔をする年寄りたちとは違っていた。あの男が笑っていれば、なにごとも上手くいく。そんな気がした。だから側に置いた。もっと引き上げてやりたかった。しかし奴は下賤な生まれ。父祖代々織田家に仕えてきた古株たちを納得させるだけの武功が必要だった。だからこそ、殿軍を任せた。

秀吉は笑わなかった。殿軍を命じた時、腰を抜かし呆けた顔をして、素っ頓狂な声を上げていた。死にたくなければ死に物狂いで走れというのは、心からの言葉だ。死に物狂いで戻ってこい。そしてもう一度、あの底抜けな笑みを見せろ。その時こそ、秀吉の道は真の意味で開ける。重臣たちの声などもはや関係ない。あの男をどこまでも引き上げてやる。引き上げれば引き上げるほど、秀吉は大きな仕事をやってのける男だと、信長は信じている。

「御屋形様っ」

乱丸が広間を駆ける。ただ事ではない。信長は寝転がっていた身体を起こし、目の前に控えた乱丸の言葉を待つ。

「後詰の皆様が」

「戻ったか」

「はい」

乱丸が大きな瞳をうるませながら、うなずいた。

「どこじゃ」

「お三方ともに、門前に控えておられます」

「うむ」

信長は廊下を足早に進む。衣に帯のみ。大股で歩くと白い褌(ふんどし)が露わになる。式台に置かれた履物に指を通し、そのまま敷居を跨(また)いで門へと歩く。屋敷のいたる所に、甲冑(かっちゅう)姿の物々しい男たちがいるのは、近江攻めのためである。信長一人が、単衣(ひとえ)一枚という気楽な格好であった。

「殿っ」

開かれた門扉のむこうから、闊達(かったつ)な声が聞こえた。片膝を付いて頭(こうべ)を垂れる光秀の隣に控えた秀吉が、たまらずといった様子で顔を上げてこちらを見ている。

「禿鼠めがっ」

叱りつけるような口調で言ったつもりだったのだが、声が跳ねているのが自分でも解った。門の外に出る。秀吉はいまにも立ち上がって、飛び掛かってきそうだった。そんな禿鼠を横目で見遣り、ひとつ咳払いをしてから、真ん中に控える光秀が口を開いた。

「我等三名、殿軍を終え、戻って参りました」

「良う戻った」

「はい」

陰鬱を常とする光秀の顔に、わずかな明るさを感じる。この数日で、何かが変わったようだった。

問わずに秀吉を見る。

「おい禿鼠っ」

「はいっ」

伏せていた顔をぱっと上げ、にこやかに笑う様はいつもの秀吉だった。

「疲れておらぬようじゃな」

「疲れ申した」

「何に疲れた」

「しつこい女に追われ、逃げに逃げ申した。儂はやはり抱いてくれと申す女よりも、身持ちの堅い女をじわじわと口説き落として、城門を開く方が良い」

「何を言っておるのじゃお主は」

「あれ」

二人して大声で笑う。涙を浮かべて笑う秀吉の、頬や目の下が青緑に染まっている。苛烈な攻めを潜り抜けての逃走であったのは、問わずとも解る。

「近江攻めじゃ。休んでおる暇はないぞ」

「解っておりまする。ですが」

「なんじゃ」

禿鼠がぺろりと舌を出す。

「女を抱きとうござります。金ヶ崎からほれこの通り」

言って秀吉が両膝を地に付けて、己の股間を突き出してみせた。

「戯けめがっ」

越前より戻ってからずっと張りつめっぱなしだった心が、禿鼠の道化で一気に和らぐ。側で見ている家臣たちの口許にも穏やかな笑みが浮かんでいた。

「良くぞ戻った」

道化を演じる秀吉を前に、信長はこの武功に対する褒美をあれこれ考えていた。

城が良い。

「越前と近江を平らげねばならぬな」

「やりまするっ」

「調子の良いことばかり言いおって」

「それだけが取り柄にござります」

戦の始末をしっかりと付け、それでもこうして秀吉は笑っている。口だけの男ではないことをここにいる皆が理解しただろう。

良き臣である。

「おい禿鼠」

「はい」

秀吉が立ち上がった。

信長は目の前に突き出された頭を、思いっきり殴り飛ばした。尻を突いて見上げる禿鼠の目が、おおきく見開かれている。怯えているが、それでもまだ股間の一物は立派に突き立っていた。

「懲りぬ奴よな」

言って信長は大声で笑った。何が起こったのか理解できぬまま、秀吉も光秀たちも笑う。あまりにも嬉し過ぎて殴ってしまったなどと言っても、誰も信じてくれないだろうから、信長は黙っていた。

夢にて候

幾度突撃してみても無駄だった。

味方の兵は減るばかり、敵はわずかなほころびを見せただけで、全体は堅牢そのものである。野戦をしているはずなのに、なぜか籠城戦を思い起こさせた。

長き戦いに疲れ、馬場美濃守信春は重い溜息をひとつ吐く。このところずっと頭に巣食っている痛みが、激しさを増していた。行く手をはばむ柵を見つめる目の奥まで、鈍痛がじんじんと伝わってくる。齢六十一、どれだけ頑強に鍛えていようと、方々が軋むのは無理もない。しかしこの頭痛は、どうも様子が違う。はじめに痛みを覚えたのは、主とともに甲府を出てすぐのことだったから、ひと月ほど前のことになる。最初は馬に揺られるはずみで、頭の後ろにわずかな痛みを覚えた。それが日を追うごとに頭全体に広がり、いまでは目の奥にまで伝わって、治る気配は見えない。

頭が痛むからあまり眠れなかった。戦の最中である。主や同胞たちを心配させられない。誰にも言っていなかった。

身体(からだ)が昂(たか)ぶり、血の巡りが良くなると、痛みも増す。戦場では、最も血が滾(たぎ)る故に、痛みは激しい。兵に命を下していても、黙して策を練っていても、つねに痛むから苛立つ。そんな信春をさらに激昂(げっこう)させるように、敵は柵の奥にちぢこまったまま槍を交えようともしない。太い丸太を均等に立て、荒縄できつく縛った二本の足で支え、そこに数本の横木が組み込まれた柵は、二、三回馬がぶつかったくらいでは、びくともしない。いつの間にこれほど頑強な柵を作りあげたのかと感心してしまうほどだ。

「左方、山県(やまがた)殿。柵の南端より敵陣内に入り奮戦いたしておりますが、堅き防ぎにて攻めあぐんでおられる様子」

伝令が戦況を伝えてくる声すら、うっとうしい。閉じた瞼(まぶた)を親指と人差し指で揉んでから、うむ、とだけ答えた。

南北に拡がった戦場の、南端に目をむける。たしかに深紅の鎧(よろい)に身を包んだ山県昌(まさ)景(かげ)の兵たちが、柵を回り込んで戦っているようだった。しかし北端と南端では半里ほども離れている。敵の放つ鉄砲の煙と、騎馬武者が上げる土埃(つちぼこり)のせいで、昌景の姿は白く霞(かす)んでいた。

赤備えの後ろから内藤昌豊と原昌胤が攻めている。騎馬と徒歩を操り、柵を崩さんと懸命に戦っているようだった。

中央は先代の弟、武田逍遥軒と小幡信貞が当たる。右方に布陣するのが、真田信綱、昌輝の兄弟と、信春であった。全軍が西をむき敵と正対しているから、右方の信春は戦場の北端に位置している。

「儂等も行くぞ」

家臣に告げて、手綱を持つ手に力を込める。見つめる先には、敵にむかって疾駆する六文銭の軍勢があった。

全軍で長篠城を包囲していた。しかし信長と家康の後詰が現れたと知り、ここ有海原へと兵を移した。織田徳川の後詰と睨みあっている間に、長篠を包囲するために置いていた兵が、敵の別働隊に急襲され壊滅したという報が入った。このままでは信春たち本隊は敵に挟まれてしまう。主は眼前の敵とぶつかることを決断。そのまま戦となった。

味方の騎馬武者たちが突撃した直後から、耳障りな破裂音が鳴り止まない。敵の鉄砲が火薬を爆ぜさせる音だ。ひとつひとつは小さく、乾いたみすぼらしい音なのだが、何百、いや千を超すかというほどの数が間断なく爆ぜているから、奇妙な圧を持って戦場に轟き続けている。

人である信春ですら耳を覆いたくなるほどだ。馬はたまったものではない。元来、臆病な生き物である馬は、大きな音には弱かった。勇猛を誇る武田の騎馬武者たちも、恐れて首を振る馬をさばくのに苦労している。加えて、前線に近づくにつれ硝煙の臭いが強くなるせいで、鼻が利く馬は柵に近寄ることを嫌がっていた。馬は乗り手の意を受け、一心不乱に走ってこそ、戦場で強大な力を有する。足軽どもが槍を連ねて待ち構えていようとも、躊躇することなく突き進み、敵陣に大穴を開けるのが、騎馬武者たちの務めであり本懐であった。頼りの馬が尻ごみしていては、武田の戦ができない。

味方は怯える馬の尻を叩き、敵が敷設した柵目掛けて、なんとか突進しようとしている。それでも本来の半分ほどの力しか、発揮できていないだろう。

馬が恐れていようと行かねばならぬ。それが武士の道である。主が攻めよと命じれば、何があろうと敵を突き崩す。勝手に離散することは許されない。武士としての意地。いや、甲斐という四方を山に囲まれた地で生きてきた武田の男たちの意地だった。痩せた土地で海もない。武士も民も生と死を分かち合いながら、ともに手を携え生きている。だからこそ、主よりも先に将が逃げることはなく、将より先に兵も逃げない。どんなに劣勢でも、甲斐の武士は一丸となって道を切り開いてきた。

信春の命を受けた兵たちが、ゆるゆると前進を始める。一度、動きだすと、あとはもう足を速めるだけだ。騎馬武者と徒歩が隊列を組み、柵へとむかっていく。柵の先に見える旗印は、羽柴秀吉、丹羽長秀、佐久間信盛など、織田家の面々である。先刻から柵の前に出て戦うのは、すべて徳川の臣ばかり。織田の腑抜けどもは、他国者に死地を任せながら柵のむこうに縮こまって、鉄砲を鳴らし続けるだけだ。

「行けっ。必ず柵は崩れる。柵さえ崩してしまえば、流れは我等に傾く」

疾駆する味方に吠えた。と、目の奥に一際鋭い痛みが走る。小さく頭を振って痛みを払おうとしたが、それが逆に悪かったのか、苦しみが頭の芯まで広がってゆく。息をすることすらままならぬほどの痛み。信春は己が身に起こっている変調に、わずかな怯えを抱いた。

「愚物めがっ」

己を叱咤した。周囲を駆ける家臣たちが、驚いたように信春をちらりと見る。弁解することさえ面倒だった。激しい痛みは去ったが、目から首の付け根にかけて無数の小さな針が蠢いている。鞍が上下する度に、細かな針先が信春を苛む。吐き気までしてきた。どれだけ馬を走らせても酔ったことのない信春が、鞍の上で朦朧としている。

柵に近付くにつれ、味方の勢いが削がれてゆく。音と硝煙の所為だ。鉄砲は音を出すためだけにあるのではない。破裂音をさせると同時に、鉛の弾が物凄い勢いで発射される。それが当たると鎧をも貫き、時には一瞬で絶命することもあった。

動きを止められた騎馬武者たちは、弾の雨にさらされてつぎつぎと倒れていく。乗り手を失った馬が、あちこちで所在無げにうろついている。そんな仲間を見て、背に武士を乗せた馬が一瞬我に返り立ち止る。そこを狙い撃ちにされていた。柵に取り縋ろうとする徒歩たちも、柱と柱の間から突き出される槍に行く手を阻まれ、為す術もなく倒されていく。

手詰まりだと、内心では思う。それでも、敵の別働隊に背後を取られたいまとなっては、前進を続けるしかなかった。

「山県三郎兵衛尉様、お討死っ」

最前線に至った信春の耳に、伝令の悲鳴が飛びこんできた。

「昌景が死んだ」

みずからに言い聞かせるようにつぶやいた信春の前立てに、甲高い音と同時に衝撃が走った。敵の撃った鉛玉が直撃したのである。強かに揺らされた兜の所為で、しばし忘れていた頭痛が蘇った。

家中一の猛者の死に、味方は明らかに動揺している。

「臆するなっ、行けっ」

叫んではみたものの、信春の心も揺らいでいる。数多くの戦で、目を見張る働きをしてきた昌景ですら、鉛玉の雨を受け、あっけなく死んでしまった。南方へと目をむけ、味方の動きをうかがう。やはりどの隊の動きも、前にも増して鈍くなっている。思うように行かない攻防を続けている最中に、昌景の死だ。無理もない。

「このままでは」

痛みに惑わされて遠くなっている耳に、撤退を哀願する家臣の声が響く。

「ひとまず退け」

態勢を整えるためだと心に言い聞かせながら命じる。しかし本心では、これ以上の抗戦は無意味だと思っていた。

己が兵を鉄砲の射程の外に下がらせている間に、一段目の柵のむこうまで攻め込んでいた真田信綱の死が伝えられ、後を追うように弟、昌輝の死も知らされた。その後、内藤昌豊、原昌胤までもが死んだ。敵の執拗な発砲によってじりじりと家臣たちを奪われた末の討死である。昌景、昌豊、昌胤という猛将たちの死によって、恐れが全軍に伝わり、兵たちの足がさらに鈍っていた。

「一門衆はなぜ動かぬ」

味方の隊列が整うのを馬上で待ちながら、信春は叫んだ。多くの仲間たちが討死してゆくなか、後方に控える逍遥軒と穴山信君という武田一門の二人は、兵を前線まで押し上げようとはしなかった。敵の陣容とこの爆音に、馬同様臆したか。それとも諏訪の惣領になるはずであった今の主に思う所でもあるのか、とにかく二人の重臣は動かない。

信春は焦り、苛立つ。


男たちが黒一色の部屋に並んでいる。褥に寝かされた巨軀を、皆が注視していた。四角い顔に髭を存分に生やし、幾分やつれながらそれでも覇気に満ちている目で両脇に控える家臣たちを見遣っているのは、我が主だ。

「大事ない」

声にはもう張りがない。仏に仇なす邪なる者を焼き尽くす明王の如き威風は、目の輝きに微かに保つのみ。

「まだ死ぬる訳には参りませぬぞ御屋形様」

主の弟である逍遥軒が、頭の脇でささやく。その声に微笑を浮かべ、主は髭に覆われた口をへの字に曲げた。丸い鼻の穴から勢いよく呼気を吐き、主は両腕に力を込める。身を起こそうとしているのを悟った逍遥軒、甥の穴山信君という二人の肉親が、主の背を抱き褥に上体を起こさせた。

家臣たちは皆、沈痛な面持ちで主を見ている。来たる運命を覚悟し、涙を見せまいと必死に堪えているようだった。信春も彼等と同じく、熱くなる目頭に、留まれと命じ続けている。

三河の徳川家康を攻めるため、甲府を出て半年あまり。進軍は好調であった。三方ヶ原での直接対決で完膚なきまでに家康を叩き潰した主は、三河平定に本腰を入れようとした矢先、病に倒れた。進軍を一旦止め、急遽長篠城に運んだ。

「儂はもう長くはあるまい」

誰もが胸の裡には抱いていながら、思わぬようにしていたことを、主が言葉にした。それまでなんとか堪えていた熱が、一気に睫毛の際まで迫ってくる。嗚咽を漏らす声が聞こえた。情に篤い昌景である。主から目を逸らし、隣に座る盟友を見ると、顔を俯け、皺を刻むほど強く、瞼を閉じていた。

「泣くな昌景。人はいつかは死ぬ」

「御屋形さ」

つぶやく昌景の声が、最後の方は震えて言葉になっていない。それを聞いて数名の重臣が、堪え切れずに泣き出した。

信春はなんとか耐えている。涙を流すことで、主の定めを受け入れてしまうような気がしたからだ。主は死なない。悪しき予感に抗いながら、信春はまだ信じている。

「おい、儂はまだ生きておるぞ」

主が強がるように笑う。それが悪かったらしく、喉から痰を吐き出すようにして噎せた。

「ご無理はなさいますな」

「なんの」

逍遥軒の言葉に答えると、主が家臣たちを見た。

「勝頼は本来ならば、諏訪家の惣領として義信に仕えるはずであった」

義信は主の嫡男、勝頼は四男である。病弱な次男は幼い頃に出家し、三男は病に倒れすでにこの世には無い。

「現世とは儘ならぬものよ。義信があのようなことになり、儂は勝頼に頼るしか術が無くなった」

義信が主に謀反を企んだ。謀は露見し、嫡男である義信は腹を切って果てた。その結果、生まれた頃より信濃の名族、諏訪氏を継ぐために養育されていた勝頼が、主の後継となったのである。諏訪家の惣領として、信濃の国人たちとともにあった勝頼のことを、古くから武田家に仕えている甲斐の国人のなかには快く思っていない者も少なからずいた。そういう考えは、主の弟である逍遥軒や甥の穴山信君にもあるようである。主の独白めいた言葉を、弟と甥は眉根に皺を寄せながら聞いていた。

勝頼が主の後継になることに、信春は異存ない。

主の言葉は絶対である。そうしてこれまで生きてきた。主が勝頼を後継に定めるならば、信春は従うのみ。

勝頼もこの城にいる。今回の戦に、諏訪の兵を率いて加わっていた。しかし、この席には呼ばれていない。恐らく主は、逍遥軒と信君に、勝頼のことを話しておきたかったのだろう。

「儂が死に、勝頼が甲府に入った後、甲斐の国人たちとのわだかまりが無くなるまで、三年はかかろう。その間、家臣は勝頼とともに国内の安定に力を注ぎ、他国を侵すことはならん」

「承知仕りました」

逍遥軒が言った。先刻まで死ぬな、気弱になるなと、主を励ましていたくせに、やけに物分かりがいい返事だと思った。

「三年の間は、決して戦はいたしませぬ」

誰にも聞かれぬほどの声でささやく。信春は長篠城の広間で、ひとり心に誓った。

長篠城……。

一瞬、己が何処にいるのか解らなかった。さっきまで静寂のなかにいたはずの信春の目に、陣形を整えた兵たちが映し出される。その先には、柵の裡に潜み、今なお銃撃を止めぬ敵の姿があった。

ここが現か。信春は心につぶやく。長篠という言葉が、どうやら己を現世へと引き摺りだしたらしい。

夢にしてはやけにはっきりしていた。総身の感覚も、先代の声も、逍遥軒の冷淡さも、昌景の情の濃さも、すべてが目の前に確実に存在していた。

信春は夢を見ない。一度身体を横にして目を閉じてしまえば、次に瞼を開くのは朝である。戦場にあって満足に眠れない時、浅きまどろみのなかでさえ、不要な幻はいっさい現れない。そんな信春が夢を見た。

しかも戦の最中に。

どれだけの時が流れたのか。まばたきの間の出来事だったのかもしれないし、しばらくの間寝ていたのかもしれない。とにかく戦が終わっていないのは確かだった。

「いかがなされまするか」

家臣が問う。声の方を見た。家臣が目を泳がせている。不審を露わにした信春の瞳の色に、男は戸惑いながらも声を吐く。

「すでにお味方は総崩れにござります。このままでは御屋形様の身も危ういかと」

戦局は完全に敵に傾いている。織田の兵たちは柵に隠れていたから、さほど力は使っていない。奴らにいま柵から出てこられたら、こちらの損害は一層膨らむ。夢に惑っている場合ではない。信春はふたたび気持ちを奮い立たせ、家臣に告げる。

「本陣に遣いを出す。儂が殿軍(しんがり)を務める故、御屋形様を先頭に、全軍の撤退をお命じになられませ。となし
「承知」

うなずいた家臣が後方へ駆けてゆく。

「整え終えた兵を、撤退にむけて備えさせておけ。御屋形様が動くと同時に、殿軍の態勢を取るように皆を動かす」

「応」

信春を囲む男たちが、気迫の籠った声で承諾の意を伝える。

前線はじょじょに静けさを取り戻し始めていた。多くの隊が壊滅し、抗う者もすでにない。敵もこちらの出方をうかがっているのか、柵を出て攻めてこようとはしない。今が退却の好機であった。

しばしの睨(にら)み合いである。当然気は抜かない。いつ敵が攻め寄せようと、主を守る壁となる覚悟はすでにできていた。

「武田の鎧に盾は無し。人こそ盾なり」

敵を見つめつぶやく。

あれほど信春を苛(さいな)んでいた頭痛が綺麗さっぱり消えていた。いつから無くなっていたのか。兜に鉛玉を受けた時には痛んだのを覚えている。夢から醒めた時には、すでに無かったように思う。

「御屋形様が持っていってくだされたか」

そうとしか思えない。

頭に詰まった肉には、いまも重さが残る。痛みが無くなったという訳ではないようだ。それでも、御屋形様の幻を見たおかげで、幾分心が軽くなっている気がした。

法螺貝(ほらがい)の音が、後方の本陣の方から聞こえてくる。聞きつけた仲間たちが、ゆるゆると後退を始めた。将を失って壊滅している者たちも、敵に背をむけ走りだしている。みな一刻も早くこの戦場を去りたいのだ。武勇を誇った武田軍の姿は、もうどこにもなかった。

「我等も退く。しかし一番後じゃ」

皆に命じ、気を引き締める。敵は奇妙なほど静かだった。鉄砲の音も次第に止み始めている。こちらが完全に背を見せた瞬間こそ、喰らいつく好機だ。その一瞬を見極めているように見える。

撤退が迅速に進んでゆく。本陣は言うに及ばず、一門衆である逍遥軒と穴山信君もすでに半分以上が有海原から退いている。

「そろそろじゃ」

命じるとすぐに兵たちが後方に厚く並び追撃を阻むような形になって、前進しはじめた。算を乱して逃げ惑う将を失った者たちの後方に回りこむようにして、ゆっくりと殿軍の位置につく。

「敵が動いておりまする」

家臣の悲鳴じみた声を聞き、信春は柵の方を見た。たしかに敵が柵から躍りでて、攻め寄せている。先頭を駆けているのは、織田の佐久間信盛、水野信元らだった。

すでに味方の大半は、有海原を脱している。信春隊も続く。隊列は縦に細く伸び、その一番後ろを信春は駆けていた。

馬の息が荒い。激しく上下する鞍が、全身を揺さぶる。

八千もの大軍を率いての行軍であった。敗れるようなことは、万にひとつもないと、信春自身も思っていた。なのに、八千の大軍は見る影もなく、各隊が散り散りになって方々を逃げまどっている。

「全ては板垣殿の所為じゃっ」

叫んだのは内藤昌豊である。

「余計なことは考えるな。今は御屋形様のお命だけを考えろ昌豊」

「誰の名じゃそれはっ。儂は内藤昌秀じゃ」

「そうであったか」

昌秀……。たしかにこの男の名は昌秀である。どうして昌豊と口走ったのか、信春も解らない。

北信濃に勢力を張る村上義清と、千曲川北岸、上田原で戦った。武田軍の一方的な攻勢の前に、義清は何もできなかった。先鋒の重臣板垣信方(のぶかた)が敵陣に突入し、次々と義清の軍を撃破してゆく。そのまま退却まで持ち込んだ。

戦は終った。板垣は恐らくそう思ったのだろう。戦場にいながら首実検を始めてしまった。

そこに義清が反転して戻ってきたのである。

板垣はいきなりの突撃にあっけなく討ち取られ、武田軍は混乱のなか撤退を余儀なくされた。板垣を討った義清は、その勢いのまま本陣まで攻め寄せる。信春は昌秀とともに主を守るようにして、撤退を始めた。どこを見ても敵ばかりである。これほど両軍が入り混じっての乱戦というのは、記憶にない。

「御屋形様っ」

昌秀が叫んだ。信春はすでに主の前に立ち塞(ふさ)がっている。血気に逸(はや)る敵が、主にむけて白刃を振るってきた。それも一人ではない。十人ほどが詰め寄り、囲むようにして主を狙っている。近習(きんじゅ)たちとともに、信春も槍を振るう。

「儂に構わず目の前の敵を殺(や)れ」

吠える主の目が爛々(らんらん)と輝いている。まばたきひとつせず、四方の敵を馬上から睥睨(へいげい)する様は、まさに不動明王のごときであった。刀を振るう主が、眼前の敵を屠(ほふ)っていく。己もと、信春は奮い立つ。

若さに任せて槍を出す。ひと振りひと振りが恐ろしく軽い。考えるよりも先に穂先が動く。突けば必ず敵に当たる。それほどに周囲は敵に満ちていた。

「去ねっ、下郎めらが」

口から泡を飛ばして主が叫ぶ。その豪胆な姿の頼もしさに、そばで戦う昌秀が甲高い笑い声をあげた。死地にあるというのに、驚くほど心地良い。この主の元にあれば、己は絶対に死なない。そう信じて疑わない。みずからが先頭に立って敢然と戦う主のお蔭である。心強き将に仕えたことを、信春は今さらながらに嬉しく思う。それは皆も同じであろう。

敵が砕けてゆく。

新手だ。

「虎泰っ」

救援に現れた将の名を、主が呼んだ。

「ご無事でござりまするか」

ひと際派手な造りの鎧に身を包んだ老将が、にこやかに言った。

甘利虎泰である。主の傅役として長年先代に仕えてきた板垣信方とともに、武田家を支える重臣だ。

「助かったぞ虎泰」

隣に馬を並べた老臣の胴を、主の刀が叩いた。

「まだ油断はなりませぬぞ」

にこやかだった顔を引き締めて、虎泰が告げる。二人のやり取りを、若い信春と昌秀は黙したまま見守った。老臣の言に、少しふてくされるような顔をして、主が口を開く。

「解っておる」

「殿軍は某が務めまする。一刻も早う甲府へと戻られませ」

すげなく言った虎泰の目が、信春と昌秀を見た。

「お主たちは何があっても御屋形様から離れるな。みずからの命を捨てても、必ず躑躅ヶ崎にお届けするのじゃ。解ったな」

「承知っ」

昌秀が叫び、信春は黙ってうなずく。虎泰は口許に微笑をたたえながら、顎を小さく上下させた。そしてふたたび主に目をやる。

「では躑躅ヶ崎にて」

「虎泰」

老臣の覚悟を悟った主が、口籠(くちご)もる。虎泰は、己が手にある槍を小脇に抱える。その目は、敵深くにある義清の旗を睨んでいた。

「お父上は、このような時ほど笑っておられましたぞ。家臣の覚悟を受け止め、笑って送りだすことも、頭領の務めにござる」

「そうか」

「では」

虎泰が馬腹を叩いた。

「甘利様っ」

思わず信春は叫んでいた。応えることなく、老臣は敵に駆けて行く。

「我等も駆けるぞっ」

主の声を聞きながら、信春は去りゆく虎泰に背をむけた。甘利虎泰の姿を見たのは、それが最後だった。

己はいったいどうしてしまったというのか。信春は我に返り、言葉を失う。

刹那(せつな)の遊離であった。敵と己(おの)が手勢との間隔が、さほど詰まっていなかったから今回はそれが解った。幽世（かくりよ）に遊離していながらも、しっかりと手綱を捌（さば）いていたようだ。転げ落ちもせず、兵たちから遅れることもなく、馬を走らせている。あまりにも明瞭な幻であった。信春はまだ若く、先代や虎泰たちも生きていた。

どちらが幽世で、どちらが現世なのか解らなくなってくる。

「いまは何をおいても勝頼様じゃ。勝頼様を無事に甲府へと帰すことが、我が務めじゃ」

現在の主の名と、今己が何をするべきかを、言い聞かせる。

あの時の虎泰の気持ちが心底から理解できた。とにかくいまは、主を守ること。命を懸けても、必ず甲府へと送り届けるのだ。

「お主たちは何があっても御屋形様から離れるな。みずからの命を捨てても、必ず躑躅ヶ崎にお届けするのじゃ。解ったな」

虎泰の言葉を一言半句違えずにつぶやく。信春が虎泰の務めを果たす立場になっているのだ。

佐久間、水野両軍が細く伸びている。まずは先頭を行くこのふたつを、押し留め時を稼ぐ。

「反転じゃっ」

　信春は叫んだ。先刻聞いたばかりの虎泰の口調を、思わず真似ていた。しかしそんなことは誰にも解らない。虎泰のことなど知らぬ若兵ばかりなのだ。

　殿軍となった時から、兵たちも覚悟を決めている。反転することを念頭に置いての退却であった。信春の声をきっかけにして、数百にまで減ってしまった兵が一斉に足を止め、踵を返す。

「こちらから出ることはない。陣を固くし、敵の行く手に立ち塞がるのだ」

　信春の言葉は家臣たちによって、皆に伝わってゆく。次第に兵たちが信春を守るように集まってきた。目は一心に敵へむけられている。

　御屋形様の病床の言葉、そして虎泰の死に様。刹那の夢が、信春の心に火を灯した。

「古き者は倒れゆくのみ。先人が倒れ、新しき才が生まれる。それが武田よ」

　小脇に挟んだ槍を上げ、呼気をひとつ吐いて虚空を斬る。刃筋に乱れはないが、無性に重かった。振った後の穂先もぶれて、定まらない。先の夢ではあれほど軽々と振れていたはずなのにと、自嘲気味に思いながら、老いを自覚する。

　功に逸る敵が、間近に迫り、止まった。間合いを測るための対峙である。信春は腹に気を込め、叫んだ。

「我は馬場美濃守信春なり。武田家の殿軍、某が務め申す。手柄が欲しくば、見事討ち取ってみよっ」

敵が息を吞む音が、波となって伝わってきた。味方は信春の言葉を聞いて、腹の底から喚声を上げる。

対峙は一瞬であった。信春の言葉が再戦の合図になったかのように、敵が一斉に駆けだす。信春は動かない。味方の兵たちも、心をひとつにして敵を迎え撃つ。

激突した。すぐに両軍が入り乱れる混戦となる。信春の目が、こちらの兵を搔い潜らんとする敵の姿を認めた。

気を吐き、馬腹を蹴る。すると目の奥が、ふたたび痛みはじめた。そんなことに構ってなどいられない。信春は敵へと馬を走らせる。

「御屋形様を守れ昌秀っ」

叫びながら敵を斬る。応と答えた昌秀の槍も、敵の喉を貫いていた。

甘利虎泰は若き二人に主を託し、戦場へ去った。

信春は主を守り、上田原を疾駆する。

かつての己が老体に重なり、身体が軽くなったような心地がした。痛みよ消えろとばかりに、足軽の目から頭にむかって一直線に槍で貫く。敵が痛みを覚えたかどうかは知らない。絶命する方が早かったとすれば、それは敵にとって幸いである。

息が苦しい。歳のせいだ。

思えば半日近くも戦場にいる。夜を徹して戦っても、なんともなかった身体が、鉛のように重い。自分の何もかもが鈍重で、軽やかなのは己以外のすべてであった。

「ええい、しっかりせんか」

槍をつかんだままの拳で、己が頭を兜の上から幾度か叩く。応えるのは痛みばかりで、心はいっこうに昂ぶらない。これまでの戦場では、一度も経験したことのない倦怠である。刹那の高揚と、長い停滞。ままならぬ我が身が恨めしい。

家臣が叫ぶ。眼前に槍の穂先が迫っているのを、声と同時に知った。寝転がるように背を鞍につけてなんとかかわす。起き上がったところで、反撃を加えるだけの機敏な動きはできなかった。槍を突き出した敵は、叫んだ家臣によって討ち取られる。

「大事ない」

言いながら、深く息を吸う。武田四天王と呼ばれた己がこの様である。果敢に敵を攻め、そして散っていった山県昌景と内藤昌豊には敵わない。頭の痛みがぶり返してきた。首筋あたりまで、しくしくと痛む。

「まだじゃ。暫し耐えよ」

やっと気づいた。

すでにこの身は滅びかけているのだ。甲府を出た時からじょじょに頭を蝕んでいた病は、そろそろ限界を迎えようとしている。このまま無事主の元に戻っても、恐らく長くはないだろう。討たれるのが先か、倒れるのが先か。

信春は武士である。どうせ死ぬなら敵の手にかかって、前のめりで逝きたかった。鼻から思いきり息を吸い、胸を張る。いつの間にか、周囲を若い家臣たちが固めていた。信春を守っているのだ。

「退け」

怒鳴りながら、槍で家臣たちを掻き分けた。戸惑う若者たちの顔をひと睨みしてから、重い槍を振り上げる。穂先を天に掲げるだけなのに、腹の底に力を込めなければいけない。老いと病に全身が侵されている。それでも戦うのは、いったいなんのためなのか。死ぬためか。それとも主のため。そもそも何故、己は殿軍を務めているのだ。昌景はどうした。昌豊はどこに行った。御屋形様を置いて、いったい何をしているのだ。御屋形様とは誰のことだ。信玄公か、いや信虎様だ。いや、御屋形様は駿河に追いやられ、御屋形様が新たな主になられた。そして勝頼公がお生まれになって、いやまて、勝頼公は嫡男ではない。義信様だ。

死んでいる。

義信様も信玄公も昌景も昌豊も死んだではないか。だから己が殿軍を務めている。

槍を持つ右手がしびれていた。敵に吠えようとするが、上手く言葉が出てこない。目の奥の痛みによってなのか、目がかすんで敵がぼやける。旗差物を見極めるのすらままならない。敵は誰だ。味方は何処だ。茫漠とした殺意の渦のなかに一人放りだされたようだった。急に恐ろしくなり、自然と涙が溢れてくる。

助けてくれ。

必死に槍を振るった。味方だろうが敵だろうが関係ない。いや、いまの信春には両者の別すら曖昧だった。目の前に広がる殺戮の天地から逃れるためだけに、無心で抗う。これほどの恐怖を覚えたのはいつ以来か。もしかしたら初陣であったかも知れない。恐れを知らず、怯みもせず、武の道だけを見据えひた走った人生である。迷いもせずにここまで来た。信虎公が、信玄公が、常に前にあって信春を照らしていた。武田菱の眩い光を追いかけるようにして、ただひたすらに駆け抜けた。

「嫌じゃ」

槍を振り、敵味方の別すら定かではない者を倒しながら呟く。声が震えていた。泣いているのだ。恐ろしくて泣いている。怖いのは敵なのか。違う。身体が来した明らかな変調を、受け入れることができない。命数が尽きかけていることを解っているくせに、それでも心の片隅ですべてに抗おうとしている自分がいる。まだやれる。老いてなどいない。どれだけ叫んでみても、身体は従ってはくれなかった。現実と理想の狭間で、信春は涙した。

方々を斬られているのだが、傷は痛まなかった。しかし頭だけは、明瞭な苦しみを常に信春に与え続ける。幽世から死の使いが舞い降り、お前はじきに死ぬと訴え続けてでもいるかのように、苦痛のすべてが首から上にあった。

「危のうござります美濃守様」

誰かが信春の手綱を握った。背後からした声へと目をむけると、薄桃色の肉の塊が、馬に乗っている。肉の塊は黒い兜をかぶっているようだった。

「突出されております。もう少しお味方深くへと」

声はやけに鮮明だった。聞き覚えはあるのだが、誰のものだったかどうしても思いだせない。

「このままではお命が」

命など、すでに捨てておる。そう叫んだつもりだった。しかし目の前の兜をかぶった肉の塊が、わずかに右に傾き、そのまま口籠る。言葉が伝わらなかったらしい。持たれた手綱が引っ張られる。

止めろ。

先刻よりも大きな声で叫んだつもりだったが、言葉ではない雄叫びが、信春自身の耳にも飛びこんで来た。

「み、美濃守様」

肉の塊が信春の変調に気付いたらしい。手綱を引っ張る手を、槍で叩く。強かに打たれた手の甲は、思わずといった様子で手綱を放した。信春は敵に正対する。肉の塊が手綱を引っ張ろうとした逆へと身体を向けたのだ。槍を摑んだ拳で兜を激しく叩く。梵鐘の中の朽ちかけの柘榴が、ぐじぐじと音を発てて割れる。壊れるならば、早く壊れろ。醒める気があるのなら、戻ってこい。そう魂に命じる。手綱を握る馬手に力を込め、震える足で馬腹を蹴った。

「美濃守様っ」

先刻の肉塊が叫ぶ。周囲を何者かが馬で並走している。一人ではない。数名の騎馬武者が信春の馬と調子を合わせて疾駆していた。誰の顔も肉の塊だ。お一人で死なせる訳には参りませぬ、死ぬ時はともに、などと潰れた餅のような顔が口々に叫んでいる。

頼むから己を馬場信春として死なせてくれ。神仏、御霊、死んでいった者たちの魂、ありとあらゆる見えない力に、これまで一度として武以外の道を顧みることのなかった信春が、心底から祈っていた。

毘沙門天の化身など信じたくもない。しかしこの有り様を見れば、神の仕業だとしか思えなかった。

西条山はもぬけの殻だった。夜陰に乗じて上杉軍に奇襲をかけ、そのまま八幡原に下らせる。八幡原に待ち構えている本隊と挟み撃ちにして、一網打尽を狙うはずだった。

「何故じゃ」

奇襲部隊を任された信春は、旗だけが残された敵の陣所に立ち、呆然と呟く。

「留まっておる暇はありませぬぞ」

ともに山を上った真田幸隆が剣呑な気配を声に込めて言った。口籠る信春に、構わず言葉を浴びせ続ける。

「こちらの奇襲を見破った上杉輝虎。なかなかの男にござりまする。恐らく、御屋形様の動きすらも読まれておるかと」

「まずいっ」

叫ぶ。幸隆は動じず、声を抑えて囁く。

「早う山を下りぬと、まずいことになる」

「休んでおる暇はない、八幡原へと下りるぞっ」

急げ、急がねば仲間が危うい。

山を下りているはずの信春の目が、木々ではない何かを捉えた。おびただしい数の人影である。

「何故じゃ」

自分でも驚くほど明瞭な言葉を吐いた。

上杉の兵たちは八幡原へと下りたはず。

違う。

これは織田の兵だ。

いや、どっちだ。

八幡原に下りた信春は、散々に蹂躙される本隊を目の当たりにした。

「上杉の背後に攻めかかるのじゃっ」

叫びながら己も駆ける。この際、将でも足軽でも関係なかった。全軍ひとつとなって、敵にぶつかるのだ。

主の弟である典厩信繁や諸角豊後守が死んだという報せが入ってきた。本陣を守るようにして山本道鬼斎が奮闘を続けていた。

「奴を死なせてはならぬっ」

信春は叫ぶ。

此度の策は道鬼が立てたものだった。信春も主から策を求められたのだが、あの男よりも優れたものは思いつかなかった。結局、主は道鬼の策を採り、信春自身も納得していた。味方は海津城にこもり、敵は西条山に陣を張り、戦場は完全に膠着していた。打破するために奇策を用いる。信春もそれしかないと思った。しかしこの策は見事に破られた。道鬼の屈辱は如何ばかりか。失策の責を負うために、そして本陣を身を挺して守るため、道鬼はみずから進んで突出したのだ。先に死んだ典厩と諸角も、主を守るために戦ったのであろう。

道鬼だけでも救いたい。

信春はそれだけを念じ、敵にぶつかった。

「何が毘沙門天じゃっ」

怒鳴り、斬り、貫く。とにかく敵を討つのみである。信春が奮戦することで、必ず戦局は変わるはず。道鬼も助かる。

信じて戦う。

「山本道鬼斎様っ、お討死っ」

家臣の声を遠くで聞いた。

「何故、儂を置いて先に逝く」

掠(かす)れた声で信春は言った。

齢(よわい)六十一。戦に出ること数知れず。武田家の繁栄のみを願って、この身を捧げ続けた。

皆、死んだ。

信春を残して。

そしていま、信春もまた散ろうとしている。重い身を引き摺(ず)り、馬を走らせ、槍を振るう。生も死も、現世も幽世も、信春のなかでひとつに混ざり合っていた。

　夢ならば……。

「存分に戦うのみ」

　ゆるりと頭を振る。痛みはあった。肉の重さも感じる。それでも目に見える物は、最前よりも明瞭になった。腕の力もわずかだが蘇っている。馬場信春で死なせてくれという願いを、何者かが叶えてくれたようだ。死んでいった同胞たちの仕業だと信じたかった。気付けば周囲を仲間たちが固めている。どれも信春より若い者たちだ。この場で散らすには惜しい。

「お主たちは退け」

　明瞭な声で叫ぶ。右手のなかの槍は、しっかりと眼前の敵を捕えていた。槍も少しだけ軽くなったように思える。どこまでが気の持ち様で、どこからが実際の作用なのか解らないが、とにかく全てを良い方に考えた。動く。生きられる。馬場信春で死ねる。そう信じ、目の前の敵と相対した。

　味方は誰も退かない。

「お主たちは若い。儂に付き合う必要はない。甲府に戻って勝頼様の盾となれ」

「戻りませぬっ」

誰かが叫ぶ。

「我等は美濃守様とともに行きまする。武田の盾として、ここで果て申す」

ならばもう言うことはない。それ以上、若者たちに声はかけなかった。後は敵とむき合うのみ。そう思うと、あれほど重かった心と身体がまた軽くなった。いや、そう思っている。思いこんでいる。それで良い。軽いのだ。戦えるのだ。

「行くぞっ」

我が身に言い聞かせるように叫ぶ。実際に言葉は明瞭になった。

敵は減ったのか、増えたのか。長い間の煩悶(はんもん)の所為で、判然としない。ただ、味方はどうにか耐えているようだった。百をわずかに超すくらいの兵が、信春を囲むようにして戦っている。一人残らず尽きるまでこの場に留まり、時を稼ぐ。

「頼んだぞ信春」

耳元で先代がささやく。

「御屋形様」

顔をむけたが、姿はどこにもなかった。しかし信春は、はっきりと信玄の存在を感じていた。熱、吐息、匂い。たしかにいま、そこに武田信玄入道晴信(しんげんにゅうどうはるのぶ)は存在している。

「承知仕りました」

目頭が熱くなる。泣く気はなかった。泣くよりも大事なことがある。留まり続けるのだ。命が尽きるその時まで。

全身に血がみなぎっている。まるで皆とともに戦場を駆けまわっていたあの頃に戻ったようだ。頭が痛むのか、斬られて苦しいのか、それすらも解らなくなってくる。

若い頃は、すべてが辛く、苦しかった。しかしいまから思えば、なにもかもが眩しい。そんな物だ。つねにいまは辛く、昔は温かい。大切なのは、どんなことがあろうと、戦うことを止めないことだ。この歳になって、ようやく解った。苦しいからこそ、己は走って来たのだ。そう考えれば多少頭が痛かろうが、どうということはなかった。先に進めばいまもまた、必ず良い思い出になる。生きているのだから、やれる。

敵を割って進む必要はなかった。この場に留まり、一人でも多く殺すだけの簡単な戦だ。

愛馬が泡を吹いている。敵も疲れを見せ始めていた。味方はすでに虫の息だ。疲弊と倦怠（けんたい）が支配した戦場に、信春だけが生の輝きを見出していた。皆が躍起（やっき）になって己を狙ってくる。馬場美濃守の首を取ったとなれば、武功としては申し分ない。長い旅路の末に、己はそれだけの男になったのだ。だからこそ、簡単に討たれる訳にはいかない。馬場美濃守ここにあり。この場にいる誰もがそう思うほどの生き様を見せる。

身体はとっくに死を越えているはずだ。それでも槍は止まらない。確実に敵を屠れるほどの腕は無かった。信春はみずからの腕を過信してはいない。だが、なんとかこうして戦っているのだから、まだまだ大丈夫だ。

「年甲斐も無く、良うやるのう」

「お主には言われとうないわ」

昌景の冷やかしに真面目に答える。

「少しは己が身をお案じなされ」

「勘助はいつも心配ばかりしておるが、結局最後は我が身も顧みずに果てたではないか」

「此奴だって、皆に嫌われながらも頑張っておるのだ。そう言わんでやれ美濃」

「お主は黙っておれ昌豊」

一人ではなかった。皆が周りで戦っている。いつもならばそれぞれの兵を率いて別々に動いているはずの仲間たちが、集っていた。迫ってくる敵のなかに、昌景の姿を見る。勘助も、昌豊もいた。

「そのような所で何をなされておるのです、御屋形様」

三人の後ろに御屋形様がいた。遠くには板垣、甘利、諸角という老将たちや、典厩の姿もある。

いっさいの情が振り切れてしまい、信春は怒っているのか、悲しんでいるのかすら解らない。仲間とともに戦っている高揚だけが心を支配し、敵を刈る刃はいともたやすく右へ、左へと動く。若い頃にも感じたことのない軽やかさのなかで、信春は嬉々として戦場を駆けまわった。気づけば仲間の声以外の何も聞こえなくなっている。いや、感覚自体がなくなっていた。怖くはない。

まだやれる。

叫んだつもりだったのだが、己の声が聞こえてこない。いつの間にか仲間の言葉も、届かなくなっていた。目に映る物すべてが色を失い、ここが何処かすら判然としなくなっている。ただ戦場であるということだけは、はっきりと解っていた。

宙を舞うように身体が軽い。

いや。

本当に宙を舞っていた。

見下ろしていたはずの徒歩どもと、同じ地平にいる。馬から転がり落ちたのだということは、後になって知った。みずからの足で立っている者たちが、己を見下ろしている。地に伏せていた。起き上ろうとして腕に力を入れる。そこではじめて、どうやって身体を動かせば良いのか解らなくなっていることに気付いた。六十年もの長い間、相棒としてやってきた四肢が、いま反旗を翻している。心で必死に立てと命じているのだが、腕も足も信春の言葉を理解していないようだった。

敵が群がる。家臣たちが守ろうと信春を囲むが、数が足りない。刃の雨が伏せたままの信春に降ってくる。どこをどう斬られているのか。とにかく刀や槍が身体を貫き、赤黒い血で刃を濡らしながら去って行くのを、ただ眺めている。

勝頼様は落ち延びることができたのだろうか。これから武田家はどうなるのだろうか。我が身の不安は、ひとつも浮かんでこない。とにかく武田家のことだけが気がかりだった。

散々に斬られているはずなのに、まだ死んでいない。数え切れないほどの修羅場を越えてきた身体は、生半なことでは潰えはしなかった。ならば、最後にもう一度だけ立ち上がってくれ。最期は武士として終わりたい。思うようにならない身体に哀願する。

力が入ったという実感はなかった。手足が動いているという感覚すら失われている。足軽どもの草鞋履きの足ばかりだったのが、太股から胴、そして顔へと変わってゆく。

痛みすら失った身体が最後に残した感覚は、命の源が抜けてゆく小刻みな振動だけだった。方々にある傷から、じわじわと何かが抜けだしている。それが命であることを、信春は漠然と悟っていた。

「ば、馬場信春……」

己が声を聞く。

命の源は頭の奥に固まっていた。さっきまで激しい痛みを放っていた場所にきれいに重なるようにして、仄かな温もりがある。この温もりが命なのだと思った。

すでに病は抜き差しならぬところまで信春を蝕んでいた。生き残ったとして、果たして主の役にたっただろうか。自信がない。御家の為にも生きられず、家族たちに迷惑をかけ、屍のごとき姿で永らえるよりも、こうして潰えることができる己を幸いだと思った。

天は信春に最期に相応しい死に場所を与えてくれたのである。

「御屋形様、典厩殿。昌景、昌豊、勘助。誰か……」

呟けど、もう誰も答えてはくれなかった。

　空を仰ぐ。あんなに晴れていた空が、真っ赤に染まっていた。それは有海原で死んだ多くの同胞たちの血の色である。

　ともに逝けることが嬉しくてならない。

　おびただしい数の敵が眼前に迫っていた。誰の目も血走り、信春だけを見ていた。武功を欲する者が、己を求めている。

　不意に頭が痛んだ。

　肉の奥にくぐもっていた命の源が、ゆるゆると頭骨の天蓋から抜けて行く。

「ここまできて」

　声を発することができた。そういう些細（ささい）な生の実存を確かめながら、信春は戦場に立ち続ける。敵の突き出す無数の槍が、己を中心にして広がっていた。まるで彼岸に咲く華の、深紅の花弁だとぼんやりと思う。頭の痛みは激しいくせに、身体を貫かれた傷は、少しも苦しくなかった。ここは現なのか夢なのか。そろそろ潮時か。頭骨から抜けてゆく命の源は、残りわずか。病で果てるのか、武士として討たれて絶えるのか判然としない。

　心が途絶える刹那、己は討たれて死したのだと、決めた。

勝政の殿軍

「なんだ、何が起こっておるのじゃ……」

いったい何をどうすればこういうことになるのか。柴田三左衛門勝政は、目の前の惨状を理解できずにいた。

とにかく味方が散々に打ち負かされている。

敵を人だと思えない。腹を空かせた熊か何かと戦っているのではないのかと錯覚してしまうほど、敵の猛攻は凄まじかった。特に先頭の二人が常軌を逸している。どちらも見知った顔だ。秀吉の親類だとかいう男たちである。

勝政は回らぬ頭で、必死に二人の名を思い出す。福島市松、そして加藤虎之助。この二人は化け物だ。目の前の相手を見ずに戦っている。槍を突き入れた時には別の敵。また貫いては別の敵と、見ているのは次の獲物なのだ。

笑っている。戦をしながら笑っている。戦場にいるのが楽しくて堪らない。そんな二人の顔つきに、勝政は怖気が走る。こんな化け物たちに人が敵う訳がない。

どうしてこんなことになったのか……。

*

北国街道の南北に布陣した柴田勝家と羽柴秀吉は、互いに手を出すことなく膠着に陥っていた。二人の主であった織田信長が本能寺にて非業の死をむかえてから一年足らずしか経っていない。

主の仇である明智光秀を討ち、織田家中で最も勢いに乗る秀吉と、家臣団の最古参である勝家。両者がぶつかるのは必然であった。

勝家は信長が死してからここまで、多くの味方を失った。すべて秀吉の所為である。

勝家が清須会議で推した信長の三男、織田信孝とは、反秀吉で結束していた。だが信孝は、居城である岐阜城を秀吉に攻められあっさりと降伏。

信孝に続き、養子である勝豊までもが、勝家を裏切り秀吉に降った。勝豊に与えた長浜城は、もともと秀吉の物であったが、清須会議の結果、勝家が譲り受けていた。

北陸と岐阜を繋ぐ近江の地に得た重要な拠点であった。それをいとも簡単に取り戻された。しかも養子の裏切りという最悪な事態とともに。

最も頼りにしていた信孝の屈服と、養子の裏切りによって、勝家は戦をせぬまま力を削がれていく。唯一残った盟友、滝川一益が伊勢で秀吉と戦っていたが、こちらも苦戦中である。

勝家の領する北陸の地は雪深い。秀吉がつぎつぎと手を打つ間、雪に阻まれ兵を出すことすらままならなかった。このままでは、勝負は決してしまう。三月、勝家はついに決断。未だ道々に雪の残るなか、近江にむかって進軍を開始したのである。

三月二日、まずは先発隊として佐久間盛政、原長頼、徳山秀現、金森長近、不破勝光ら八千五百を近江へと向かわせる。この中に柴田勝政の姿もあった。

勝政は佐久間盛政の弟である。四人兄弟。盛政は長子、勝政は三男だった。兄の盛政は鬼玄蕃と恐れられる天下の猛将であり、勝家から最も信頼される家臣であった。兄の背中を見て育った勝政も、とうぜん武勇に秀でていた。そんな勝政の才を勝家は見込み、己が子に迎えたのである。

養子として柴田家に入った。つまり勝政は、長浜城とともに秀吉に寝返った勝豊と、義理の兄弟なのだった。

勝政は、勝豊が勝家を裏切った一因でもあった。

勝家が何故かあまりに勝政ばかりを可愛がるため、跡取りの勝豊は疑心を抱いた。もしかしたら柴田家は弟の勝政が継ぐのではないのか。それが秀吉に付け入られる隙となった。

先発隊が発した二日後の三月四日。勝家の率いる本隊が北ノ庄城を発した。その数二万あまり。総勢三万八千という大軍勢である。

盛政、勝政兄弟をはじめとした先発隊は、五日には北近江の柳ヶ瀬付近まで進んだ。ここに後続が続き、柳ヶ瀬北方半里ほどの所に、勝家が本陣を置いた。本陣を築いた内中尾山は、北国街道と敦賀街道を抑え、南方の賤ヶ岳方面から来る敵の進軍を阻む位置にあった。盛政は本陣の南一里ほどの所にある行市山に陣し、この南から東方にかけて、別所山に前田利家、利長親子、橡谷山に徳山秀現と金森長近、林谷山に不破勝光、中谷山に原長頼と、来たるべき秀吉軍の北進を迎え撃つ構えを取る。

柴田軍の南下を知った秀吉はすぐに決戦の準備を整えた。

琵琶湖の北方に位置する余呉湖と北国街道を結ぶ防衛線に、第一陣を配す。神明山に大金藤八郎の五百。堂木山に山路正国と木下一元の五百。北国街道中之郷北に小川祐忠の千。その東方、東野山に堀秀政の五千を置いた。

大金、山路、木下、小川は勝豊の配下であった者らである。彼らは裏切り者の常として最前列に配されている。

第一陣の後方、余呉湖をぐるりと囲う山脈群の東南部には第二陣を配してゆく。東から岩崎山の城に高山重友の千。大岩山の城に中川清秀の千。賤ヶ岳の城に桑山重晴の千を置いた。そしてこれらと北国街道を挟んで東に位置する田上山に、羽柴秀長一万五千が入った。そして秀吉はその南方、木之本の地に本陣を築いたのである。

これら羽柴軍とは別に、丹羽長秀の七千を琵琶湖の西北にある海津に置いた秀吉は、強固な防衛線を完成させた。南進せんとする勝家と、北に兵を進めたい秀吉。両者はこうして睨み合いに突入していた。

「いまが好機にござるぞっ」

目の前の渋面をにらみながら、兄佐久間盛政が叫ぶ。柴田勝政はそれを黙って聞いていた。皆が視線を注いでいるのは鬼瓦。いや、鬼のごとき面をした老将だった。柴田勝家。主であり、己が父である。

苛立ちを露わにしてにらむ兄を、勝家は熱いものを飲まされたような顔で見つめていた。への字に結んだ口の周りを、この一年で白い物が多くなったむさくるしい髭が覆っている。腕を組む勝家の目が、兄から逸れて床板を見た。つられるように勝政も木盾を横に並べた机を見る。周囲に集う男たちの目も下にむく。いずれも柴田家の重臣たちである。勝家の本陣。陣幕に覆われ、重臣と勝家以外は遠ざけられている。上座に設えられた床几に勝家が座り、その右手に盛政が座している。勝政は勝家の左、机を挟んで盛政の正面にいた。

　机の上にあるのは絵図だ。蚯蚓が這いまわったように無数の線が描かれている。左下には小さな丸。その右側を上端から下端まで一本の太い線が走っていた。丸は余呉湖、線は北国街道を示している。

「秀吉が木之本を離れたいまこそ、戦局を動かす最大の好機。そう申すお主の気持ちは痛いほど解る」

　謹厳実直を地で行く勝家は、己と倍近くも歳の離れた家臣にも誠実な態度で答える。そういう真面目で武士然とした勝家の気性を、いまは亡き信長は何より信頼していた。

「しかしなぁ」

　勝家は腕を組んだ。大きく広がった左右の鼻の穴から、音をたてて息が吐きだされる。あまりの勢いに、鼻の下の髭がかすかに揺れた。老いてはいても、力強さは変わらない。

「何を迷っておられるのです。この機を逃す手はありませぬ。信孝様が猿を岐阜に引き付けておれるのは、そう長いことではありますまい。早いこと手を打たねば、猿はすぐに戻って参りましょう」

兄と同じ思いであったため、勝政は口を閉ざして成り行きをうかがう。

信孝が岐阜で再び兵を挙げたという報を受け、秀吉は本陣を引き払いみずから討伐に赴いた。信孝は一度、秀吉に痛い目にあわされている。秀吉が兵を率いてきたと知れば、すぐに引き下がるだろう。たしかに悠長(ゆうちょう)に構えている暇はない。

「解っておる。解っておるのじゃ」

勝家が珍しく迷っている。

いや。

この老人は、主が死んでからというもの散々に迷っている。清須会議では、秀吉に主導権を握られ、いいようにあしらわれ、その後、北陸でもたもたしている間に、またも秀吉によってすっかり味方を奪われてしまった。すべて勝家が迷っていたことで招いた結果である。結局、武人以上でも以下でもないのだ。信長という主がいてこその柴田勝家なのである。強烈な意志によって示された道を、ただひたすらに邁進(まいしん)していた頃の勝家には迷いがなかった。前に前にと愚直に進み続ける姿に、多くの者が尊敬の眼差しを注いだ。だが頭を失い、行く道を見失った。だから迷い続けている。

「親父殿っ」

兄が詰め寄る。もちろん兄と勝家は親子ではない。それでも勝家には、若い家臣たちがそう呼びたくなるような雰囲気があった。寄騎である前田利家や佐々成政なども、慕ってそう呼ぶし、勝家も父と呼ばれることを咎めない。

〝父〟と呼ぶべき存在という意味でなら、ここに集う誰よりも勝政が適当である。だが勝政は、決して皆のように親父殿などとは呼ばない。

「儂はな」

兄の追及にうんざりしたように、勝家は重い口を開いた。

「猿の足の速さを憂いておるのよ」

迷いの根源を吐露し、勝家は続けた。

「上様が亡くなられた時、備中にあったあの猿はたった十日ほどで光秀を討ちよった。それだけではない。奴が死にもの狂いになった時の底知れぬ力……。こうして近江で奴と相対しておると金ヶ崎での殿軍のことを思い出すのだ」

「我等が動けば、戻ってくると申されまするか」

「本陣を空けたことが、すでに猿の策ではないか」

確かに勝家の言う通りかもしれない。勝政は誰にも悟られぬよう、小さくうなずいた。こちらが迂闊に兵を動かせば、岐阜へむかう最中も近江の動向につねに気を張っている秀吉が、すかさず兵を転進。攻勢に出て奇襲をかけ、一気に形勢を逆転させる。そう考えると、大軍に背をむけての岐阜攻めという動きにも筋が通る気がした。

「恐れてばかりでは、みすみす勝機を敵に奪われ申す。このまま動かねば、猿は容赦なく岐阜を攻めましょう。屈服に二度はございませぬ。今度ばかりは信孝様も命はござりますまい。そうなれば長浜も失った今、我らの頼りは伊勢の滝川殿のみ。近江と岐阜を秀吉に抑えられておっては、滝川殿との連携も取れぬ。あとは猿に堀をすべて埋められ、北ノ庄は丸裸になりましょう」

戦ぶりも見た目も鬼玄蕃と恐れられる兄は、勝家に負けず劣らずのいかめしい顔で、そう息巻いた。熱意のこもった兄の言葉を聞いていると、それももっともだと思う。気づけばこちらは打つ手が無くなっている。そんな状況は容易に想像できた。

「敵の策があったとしても、飛びこまねば勝ちは得られませぬ。そんなことはここに控える誰よりも、親父殿が一番良く解っておられるはずっ」

兄の目から涙が一筋零れ落ちる。それを見て勝家が苦しそうに眉間に皺を寄せた。

二人は似ている。

ともにこれまで武によって身を立て、情に脆い所があった。訥々と説いているうちに感極まっていく兄と、その熱意に心を動かされはじめる主。見ている勝政は、なんとも気恥ずかしい気持ちになった。

「策と解っていても飛びこみ勝機を得る……。良き心根ぞ盛政」

熱い眼差しで兄を見つめる勝家が、重い声で言った。いつの間にか主の目にも、涙が溜まっている。

勝政はこういう状況が辛い。暑苦しい。義父や兄のような者は、熱情さえあれば、なんでも動くと信じている。どんな横車であろうと、それを進めたいという想いが誰よりも熱烈であれば、かならず通じると思っているのだ。理よりも情。冷静よりも激情なのである。柴田家の連中にとっての戦とは、常にそういうものであった。義父が越前を信長に任された後、兄は越中攻略に邁進する。加賀、越中の一揆衆。一向衆徒との戦いでは、常に前線で奮闘し、勇猛な勝家の寵愛を受けた。兄が苛烈に戦い、義父が愛でる。その繰り返しの中で柴田家の尚武の気風は育まれ、いまに至る。

勝政はむしろ逆だ。どれだけ熱をおびた想いであろうと、理に添わぬのなら押し通すべきではないし、無理強いと解っているのなら、最初から主張しない。

勝家や兄のやり方を見ていると、我儘(わがまま)としか思えぬ時がある。しかし不思議なもので、熱で物事を押し通す者同士の場合、相手の熱にほだされて感極まるということがあるらしい。目の前で二人が涙を流しあっているように。

「解ったぞ盛政」

勝家は折れた。

「大岩山じゃ」

勝家がつぶやいたのは、余呉湖の南東部に連なる山の名である。北方に位置する岩崎山と西方の賤ヶ岳に籠る軍勢とともに、敵の防衛線の深い位置にあった。大岩山を攻め落とせば、岩崎山と賤ヶ岳との連携を崩すことになる。

「大岩山に奇襲をかけるのだ。彼(か)の山を落とした後は、すぐに撤収する。長居は避けろ、解ったな」

「承知いたしました」

うなずいた兄の目に、熱情とは別のなにかが閃(ひらめ)いているのを、勝政は見逃さなかった。

軍議が終わり、皆が出ていく。兄が陣幕を潜った後、勝政は勝家に呼び止められた。

「ちと良いか」

床几に座ったまま、勝家が言った。立ち去ろうと腰を上げていた勝政は、ふたたび静かに床几に尻を落ち着かせる。老いた猛将は、ぼんやりと目の前にある地図を眺めていた。

「お主はどう思う」

おもむろに勝家が問う。漠然とした問いである。が、とりあえず思っていることを口にした。

「兄の策はあまりに危ういかと存じまする。ひとつ間違えば、味方を滅ぼすやも知れませぬ。それにあの時の、あの兄の目は、何かを企んでおられる時の目」

「では何故、黙っておった」

「あの場でいくら道理を語ってみたところで、兄の熱には勝てませぬ」

「たしかにそうやも知れん。あれだけの熱意を見せられたら、儂には止めよとは言えん」

勝家はあっさりと盛政の熱情を認めた。息子として、理を第一と捉える者として、それが堪（たま）らなく悔（くや）しい。

「策があっても勝ちを得ると、兄は申されましたが、某（それがし）はそうは思えませぬ。敵の策に乗らぬことこそ肝要。敗北するやも知れぬなかで、無理に攻めるのは愚の骨頂。秀吉の美濃攻めを待ち、こちらが手薄であることが確定してから動いても遅くはありませぬ」

深い溜息を勝家が吐いた。

「儂はお主や秀吉のように賢くはない。力で押すしか知らん」

戦の最中に敵の大将を褒めている。あまりにも気弱な勝家の態度に、不吉なものを感じた。

「それ故、儂はお主を養子にした。お主の知恵は、柴田家になくてはならぬと思うた故じゃ」

「ならば、私の考えを踏まえ、もう一度兄へ」

「もう決まったこと。土壇場で覆すような女々しい真似はできん」

寂しげに笑った勝家が、絵図から目をそらし、勝政を見上げた。

「もし盛政に不測の事態がおきれば、お主が殿軍を務めろ」

「某が、でございまするか」

殿軍はみずからの命を犠牲にしてでも、仲間の逃走を成功させるものだ。味方を無事に帰し、みずからも生還すれば勇名が轟く。その旨みはたしかにある。が、命の危険が大き過ぎだ。理屈に合わぬだけでなく、割にも合わない。

「不服か」

疲れた目で勝政を見つめ、勝家が問う。

「何故、息子である某が」

「割に合わぬか」

見透かされていた。会話での瞬時の切り返しなどは、戦場で培ったからなのか、異常に鋭い。応えられず口籠っていると、白髪混じりの髭が緩やかに震えた。

「たしかに割に合わぬ損な役回りだ。だからこそ、いまは柴田一門であるお主に頼むのだ。お主の才、そして兄に敗けぬ武勇を、儂は誰よりも買っておる。故に、頼むのじゃ。勝政、お主ならばできる」

先刻の兄のごとく、言葉に熱がこもっている。兄ならばここで涙ぐんでうなずくのだろうが、勝政に情は通じない。どれだけ勝家が暑苦しい言葉で説得を試みようと、ほだされはしなかった。しかし己はたしかに柴田一門。断る訳にもいかない。

「頼んだぞ」

不承不承、うなずいて見せる。勝政が情にほだされたのだと思った勝家は、満足そうに勢い良く立ちあがると、義理の息子の肩に分厚い掌を置いた。どうしてこの家は、肝心なところで理が見えず、情がまかり通ってしまうのだろうか。

勝政は微塵も納得していなかった。


四月二十日の真夜中、柴田家の諸隊は行動を開始した。

まずは奇襲部隊を率いる兄盛政である。余呉湖をぐるりと囲う山脈群から北方へと伸びる山々の尾根を渡り、湖の岸へと至った。敵の監視を掻い潜るようにして密かに湖岸を迂回して、中川清秀の籠る大岩山の麓までむかう。

敵の目をくらますため、勝家は本隊を率いて北国街道を南に進み、秀吉が築いた防衛線の直前、狐塚の辺りに留まった。

前田利家と利長父子は兄の援護のために、余呉湖の西方の山、茂山へ入った。

そして勝政は、利家たちよりもさらに深く南進し、余呉湖の南西、飯ノ浦の切通しへと布陣したのである。大岩山を落とした兄たちは、兵を退く際、余呉湖の西側を迂回する経路を取ることになっていた。その時、最初に援護に加わることになっているのが、勝政の隊である。大岩山から逃げてきた兄たちを余呉湖北方へとむかわせ、みずからは盾となって敵を防ぐ。

損な役回りである。

勝政は戦場で臆したことなど、これまで一度としてない。でなければ勝家の養子など務まらぬ。戦いたくないのではない。理に適わぬのが気に喰わないのだ。しかし柴田家中で己以上に戦場で働ける者となると、兄か義父くらいのもの。利家なども色々と小器用にこなすほうだが、武勇という点のみで考えた時にはいささか心もとない。父たっての頼み。どれだけ考えてみても、答えはひとつだった。勝政の殿軍。それしかない。

「一応、理には適っているのか……」

それとも心の整理がつかぬから、屁理屈をこねて、無理矢理帳尻を合わせたのか。いずれにしろ、いまとなっては無駄な足掻きである。すでに陣立ては定まっているのだ。

東の空がうっすらと白みがかっていた。もうじき朝だ。

そろそろ兄は始めただろうか。余呉湖の対岸に見える大岩山へと目をむけた。さすがは兄弟である。勝政が大岩山に目をむけたその時、遠くのほうから喚声が聞こえてきた。

「おぉ始まった」

脇に控える家臣に告げる。ひとり言のようにつぶやいたから答えなど期待していない。

八千もの兵に攻められながらも、千あまりの敵は必死に抵抗を試みていた。柴田の兵が山肌をよじ登ろうとすれば、城域を区切る柵から、岩と銃弾と矢の雨を容赦なく浴びせかける。

「愚直だ」

兄の攻めを見てつぶやく。ただ斜面を登るだけの単調なやり方に、もっと良い方法はないものかと思う。が、己もやはりああいうやり方になるだろう。けっきょく山城を攻めるには愚直に登るしかないのだ。

数で勝る兄は、じりじりと敵を押して行く。不意に大岩山の城から、黒煙が上がった。それを境にして、城方は勢いを無くした。一気呵成に攻める兄たちが、城を完全に制したのは陽が未だ中天に至らぬ頃のことであった。

大岩城が落ちると、稜線続きの左右の山にも変化が起こる。

高山重友の率いる千あまりの敵兵が、大岩山より北東、山脈群の突端にある岩崎山を下ったのである。敵を前にして、一戦もせず逃走するという武士にあるまじき行為を、高山は堂々と行った。

勝政の胸に不安が過る。

己が命を守るということを優先させるならば、高山の行動は道理に適っていた。だが、高山は武将として優れている。千人もの味方が目の前で城を枕に討ち死にし、みずからが任された城を守りもせずにさっさと逃げてしまうだろうか。

諦めが良すぎる。高山の行動が侍としてなんの矛盾もなく理に適う筋道を、勝政は必死に考える。

「猿か」

秀吉に命じられたとすれば、高山の諦めの良さも納得がゆく。

勝政の懸念は、戦局の推移を報せてきた兄からの伝令でより明確になった。

〝大岩、岩崎のふたつの城から敵を追い落とし、賤ヶ岳を守る桑山重晴は日没後、城を明け渡すと申して来た。大岩を落としたらすぐに撤収するというのが親父殿の命なれど、しばしこの地に留まる〟

なぜ日没後なのだ。城を明け渡すならば、すぐに兵を引けばよい。現に岩崎城の高山は大岩が落ちるとすぐに城を出たではないか。

時を稼いでいる。

「これはまずいことになる」

遠く離れた地から見守っていることなどできない。一刻も早く兄に報せなければと、勝政は馬腹を蹴った。

猿が来る。

「来た時は来た時じゃ」

急峻な斜面を必死に登って現れた弟に、盛政は軽い口調でそう言った。あまりにあっさりとした答えに、勝政の苛立ちは募る。

「秀吉が率いておるのは羽柴の本隊にござる。もともと、この本隊が去ったが故に今回の奇襲は強行できたのでございましょう」

「何が言いたい」

勝政の言葉が回りくどいのか、兄が眉間に皺を寄せる。

焼け残った大岩城の一室に籠り、兄弟だけで語りあっている。ともに柴田家の重臣だ。勝政が二人にしろと言えば、逆らう者はいない。

「岩崎山も賤ヶ岳も我等をこの地に封じるための餌にござる」

「考え過ぎじゃ」

理よりも情を優先するのが、柴田家の戦である。それがどれだけ危険なことなのか、兄は考えもしない。

「ならば、この城に籠っておった中川清秀はどうなる」

大岩城の将兵たちは、兄によって全滅させられている。

「釣り糸に餌がなければ魚は喰らいませぬ」

「中川はみずから囮を買って出て死んだと申すか。ならば問おう」

兄が鋭い視線を投げてくる。勝政は真正面から見返した。

「猿は、我等が奇襲をかけるのが大岩だと何故解った。中川や高山らに命を下しておったとするならば、それは猿がこの地を去る前のことだ。儂が親父殿に奇襲を進言したのは、猿が去った後のことだろう。大岩城を攻めるのが決まったのは、さらに後じゃ。しかも大岩城を攻めることについては儂の進言ですらない。親父殿みずからがお決めになったではないか。お主の好きな理屈じゃ。文句はあるまい」

「余呉湖南岸の三城の将たちは、はじめに襲われた場合は死守せよ。後の城は敵を引き付けておくための二番手三番手の餌となれ。そう命じられていたとすれば如何か」

「もしそうだとすれば中川は浮かばれぬの」

言って兄は高らかに笑った。

「笑いごとではございませぬぞ」

険しい顔を崩さずに兄を睨む。

「早急に兵を纏め、山を降りましょう」

「夜には戦わずして賤ヶ岳が手に入る。そうなれば、余呉湖南岸の山稜は我等が抑えたことになる。其方と利家殿がこの地まで押し出し固めれば、親父殿と睨み合うておる中之郷の敵の背後を取れる。さすれば中之郷より北に布陣しておる敵軍は袋の鼠じゃ」

「袋は外より破ることができまする」

猿が戻ってくれば、そんな包囲などいともたやすく崩れてしまうことが、何故兄には解らないのだろうか。

「お主も親父殿も考え過ぎなのじゃ」

「父上が何か」

「儂が城を落としても兵を退かぬから、再三撤兵を促す使者を遣わして来よる」

「兄者は父上の命に逆らうおつもりか」

勝政は続ける言葉を失った。兄は悪戯がばれた子供のように無邪気な笑顔を浮かべる。

「賤ヶ岳の兵どもが去れば、親父殿も解ってくれる。今が肝心じゃ。この機を逸してはならん」

そうである。兄の言う通りだ。この機を逸してはいけない。しかしそれは勝機ではなく、退却の機である。

「兄上っ」

「くどいぞ勝政」

兄が剣呑(けんのん)な気を瞳にみなぎらせた。

「敵が去ったら、お主は賤ヶ岳に入れ」

「そのような命は受けておりませぬ」

「後で親父殿には解ってもらう」

鬼よ荒武者よと散々勝家に愛でられてきた兄は、いくら傲慢(ごうまん)な横車を押したところで、結果さえ残せば許されると思っている。余呉湖南岸を手中に収めた後、涙と激情で訴えかけるつもりなのだ。

嫌気がさす。

「ならば兄上、某と賭けをしていただきとうござります」

「賭けじゃと」

勝政は深くうなずいた。

「もし明日の朝までに敵になんの動きもなければ、某は黙って賤ヶ岳に入りましょう。が、猿めの到来を報せる伝令、もしくは到来を予見する動きがあった時は、兄上は速やかに山を降り、兵を退いていただきたい」

「良かろう」

「約束でござるぞ」

「武士に二言はないわ」

吐き捨てた兄の声には不服の色が満ち満ちていた。


賭けの勝敗は朝を待つことなくついた。

兄がみずからの敗けを報せる伝令を勝政に発したのは、真夜中と呼ぶにはまだ早い刻限のことだった。

〝これより我等は山を降りる。其方には先般の軍議の通り後詰を頼む〟

それと時を前後して、物見の兵が北国街道を北上してくる無数の松明（たいまつ）の明かりがあると報せてきた。

秀吉の到来である。

驚くべき速さだった。兄よりも冷静に戦局を見ていたつもりの勝政でさえ、これほど速く秀吉が戻ってくるとは思ってもみなかった。盛政が大岩城を攻めたのはこの日の早朝で、落としたのは昼前のこと。たった一日で秀吉は岐阜から戻ってきたというのか。信じられない。こちらで変事があるのを、岐阜の手前で待っていたとしか考えられなかった。だとすれば、やはり最初から秀吉に嵌められていたということになる。秀吉が去ったのも、大岩城も、その後の岩崎山も賤ヶ岳も、すべてが我等を引き寄せるための餌だったのだ。それ見たことか。兄を面罵したかった。しかしそんな暇はない。兄はみずからの敗けをあっさり認め、山を降りてくる。余呉湖畔を回って、勝政の陣取る飯ノ浦切通しの方へと逃げてくるのだ。

殿軍。危惧していた事態が現実のものとなった。

どうして己が兄のために命を投げ出さなければならぬのか。その想いがいまはさらに増している。この愚行は兄の独断の果てではないか。当初の取り決めどおり、大岩城を落としてすぐに山を降りていれば、こんな事態には陥らなかった。勝政の退却を兄が命懸けの殿軍で守るというのなら解るが、どうして己が兄を。釈然としない。理にもそぐわない。

変事は勝政の近くでも起こっている。切通しから見上げてすぐの場所にある賤ヶ岳だ。日没とともに去ったはずの桑山重晴が、ふたたび城に入っていた。よく見れば数が倍以上に増えている。旗印を確認した味方が、敵は丹羽長秀の兵であると伝えてきた。

南方に逃げ場はない。兄も勝政も、余呉湖畔を北上して権現坂方面へと逃げるしかなかった。権現坂には前田利家、利長親子がいる。そこまで辿りつければ、なんとかなるはずだ。

兄の兵たちが山を降りて湖畔に出る。勝政は切通しで待つ。猿の到来を恐れる隊列が、速やかに湖畔を行く。

「早く来い」

逃げてくる兄に苛立ちを吐く。

その時だった。勝政の目が兄の兵の後方を見る。

何かが来た。

蟻だ。

無数の蟻の群れだ。

黒い粒の塊が山の斜面を駆け降りてくる。転がるようにして山を落ちる塊は、そのまま湖畔へと転がった。塊は長い尾を引いている。先頭の塊が湖畔に辿り着いてもなお、斜面には同様の黒い粒が長く連なっていた。

大気を震わせ、重い声が響いてくる。幾度も幾度も波のように届くその声は、寄せる度に大きく明瞭になってゆく。

喚声だ。あの黒い群れが発している。

猿の尖兵。奴らがむかう先には兄がいた。前だけを見て走る兄の軍勢の背後に漆黒の敵がぶつかった。

「だから言ったのだっ」

腹立たしいくらいに巧妙な手際で兄は兵を引いた。木陰に鉄砲隊を隠し、秀吉の軍勢に銃弾を浴びせかけて攪乱し、そこに槍と刀を持った兵たちが襲い掛かった。そうして相手の前線を散々に打ち負かし、その間に逃走を図る。敵兵が十分に揃っていなかったということも兄にとっては幸いした。これといった犠牲もなく、兄は飯ノ浦の切通しを抜けたのである。

ここからが勝政の出番だ。逃げる兄を見送ると、敵兵の前に三千の兵とともに躍り出つつも、心の隅ではまだ馬鹿馬鹿しいと思っていた。どうして兄のためにという想いを、ずっと引きずっている。理を無下にするから、このような事態に陥るのだ。愚か者のために死ぬなど考えられない。いっそこのまま秀吉に降ろうかとすら思う。

いや待て。

秀吉のもとには義兄の勝豊がいる。あの兄が勝政のことを許す訳がない。先に秀吉に降った兄は、勝政のことを悪く言うだろう。秀吉に降っても先は見えていた。

最初のぶつかり合いを器用にこなし、兄と合流するために勝政が背中を見せた瞬間、それは突然起こった。天が割れたかと思うばかりの怒号が、突然巻き起こったのである。それが秀吉の軍勢からのものだと悟った時には、自兵の最後尾が被った衝撃を目の当たりにしていた。

血飛沫（ちしぶき）。

舞う肉片。

悲鳴。

数知れぬ戦場を経験してきたはずの勝政が、初めて見る衝撃であった。何か人ならぬ者たちが攻め寄せて来ている。

手綱を握りしめる手に力がこもる。掌は汗でべっとりと濡れていた。

恐ろしい。得体の知れないものを身体が恐れている。心よりももっと奥の方で、近づいてはならぬと魂が訴えている。近づきたくなどない。それでも背を見せたら終わりだという実感がひしひしとある。

「うひゃひゃっひゃはぁっ」

　およそ人のものとは思えぬ声が近くで聞こえた。眼前で戦う味方たちを散々に切り裂いている。

「市松」

　勝政は奇声を上げている男の名を呼んだ。

「どっせいっ」

　その隣に立つ巨漢が、足軽の首を槍で飛ばした。穂先で斬って飛ばしたのではない。叩いて飛ばしたのだ。いったいどれだけの膂力（りょりょく）があれば、棒で叩いて首が飛ぶのか。勝政には信じられなかった。

「と、虎之助」

　勝政は首を飛ばした化け物の名を呼んだ。市松も虎之助も秀吉の親類にあたる者たちだが、猿と揶揄（やゆ）される肉親とは似ても似つかぬ巨軀（きょく）を存分に揮（ふる）い、戦場を地獄に変えていた。漆黒の鎧が濡れているように光っているのは、漆の光沢なのか、はたまた無数の敵が流した返り血なのか。

「見つけたぞっ」

　市松の黄色い目が勝政を捉えた。駄目だ。あれに捕まったら地獄に行く。気づいた時には馬首を翻していた。逃げる。武名などどうでも良かった。己がこれまで挙げてきた功は、あのような化け物たちと戦って得たものではない。あれは無理だ。人の範疇を超えている。味方の兵たちを掻き分けて逃げる。

「兄上……。父上……」

泣いていた。

煩雑な道理などいっさいない。ただただ恐ろしかった。子供のように勝政は泣く。この場に一刻たりともいたくはなかった。兄はすでに逃げた。己も逃げたい。味方のことなど考えもしなかった。我が身が助かれば良い。無心に馬を走らせても、地獄の気配は未だ濃い。いったいどこまで逃げれば諦めてくれるのか。

背後からは悲鳴が上がり続けている。逃げているのに、いっこうに遠ざからない。

それどころかむしろ近づいてくる。

はるか前方に馬影が見えた。

「ひっ」

忘我のうちに悲鳴を上げた。が、次の刹那には理性が戻り、馬上ではためく兄の旗印に気づく。兄が戻ってきたのだ。己を助けるために。

「兄上ぇぇぇ」

もう道理もへったくれもなかった。あんなに厭うていたはずの兄を、心の底から求めている。命が助かるのなら、なんであろうと縋りつきたい気持ちだった。

「へっ」

腑抜けた声が口から漏れる。それと同時に、視界が激しく揺れた。

肩口から全身へと衝撃が駆け巡る。地面に身体を打ち付けていた。上体を起こし、
槍を杖代わりにして立ち上がると、さっきまで己が身体を預けていた馬が倒れている
のが見えた。首から上が無い。斬られたのだ。

誰が。いや、そんなことを考えている暇はない。もうすぐ兄が来てくれる。逃げな
ければ。

「遅ぇよ」

囲まれていた。ぐるりと勝政を取り囲んだ敵が、馬上から見下ろしている。

「柴田勝政殿とお見受けいたす。某は羽柴家小姓衆、脇坂安治と申す。其処許の御首、頂戴いたす」

ひときわ派手な鎧兜を着けた男が叫ぶ。脇坂と名乗った男の目が、手柄を前に血走
っていた。

槍を構える。

今更一人でどうなるものか。どれだけここで踏ん張ってみても、ひっくり返せるよ

うな状況ではなかった。化け物の群れに紛れ、己が無力を痛感しながら死んでいくのか。

苛々する。

どれもこれもすべて誰かの所為ではないか。勝政自身の責によってもたらされた物など何ひとつない。勝家の優柔不断によって秀吉に外堀を埋められ、兄の増長と油断によって窮地に陥れられ、常軌を逸した化け物の猛攻によって、いま死地に立っている。

勝政は悪くない。

どうして己がこんな目にという想いばかりが、頭をぐるぐる回る。すべて己の采配で動いていれば、こんなことにはならなかった。そう、才だけならば勝政は、誰にも負けはしないのだ。いや、才だけではない。己はあの柴田勝家の息子なのだ。武勇こそ柴田家の神髄である。

「父上……」

強い髭に覆われた鬼瓦のごとき父の顔を脳裏に思い浮かべた。そして、義父の姿と己を重ね合わせ、武を総身に纏う。

「お主らにくれてやる首などない」

この期に及んでは最早、己の才覚を信じるのみである。

「それでこそ一軍の将じゃ」

脇坂と名乗る男は、そう言って笑うと、馬を飛び降り槍を構えた。

「誰も手出しするなよ」

取り囲む騎馬武者たちに念を押す。底意地の悪い笑みを浮かべながら、誰もが勝政を見下している。包囲の外からはなおも悲鳴と怒号が聞こえ続けていた。

「来い」

脇坂が深く腰を落として槍を構える。その姿にはまったく隙がない。勝政はゆったりと構えた。

「ふっ」

脇坂が息を吐いた。勝政の視界が斜めに傾く。左足の感覚がない。ぐらりと横にぶれた身体が左足のほうから地に崩れてゆく。咄嗟（とっさ）に左手で地を突いて倒れるのを耐える。

なんだ、何が起こった。この状況を必死に理で捉えようとする。

左足を斬られている。脇坂の得物は槍だ。斬るための道具ではない。槍は刺突（しとつ）のための得物である。ならばなぜ、己が足は斬られた。考えていると、今度は左の肘から先を失った。もう身体を支えることはできない。槍を右手につかんだまま、勝政はうつ伏せになって倒れた。痛みはない。ただ心の臓がどくどくと激しく脈打っている。

「よっ」

顔を蹴られた。裏返り仰向けになった勝政の腹に、何かが乗った。脇坂だ。脇坂安治が腹にまたがっている。

「弱過ぎる」

脇坂は口許に蔑みの笑みを浮かべている。

「刃筋さえ通せば、槍でも斬れる。突かねばならぬと考えておる者は、所詮木っ端武者よ」

勝政を支えていた一切合切が、がらがらと音をたてて崩れ落ちた。智勇兼備。それが己であったはず。理も武も駄目。ならば己とはいったいなんだったのか。

「急げ安治、佐久間盛政が戻ってきたぞ」

「おうっ」

敵と脇坂の会話が聞こえる。

「あ、兄上」

勝政は呆然と呟いた。血を失い過ぎて朦朧としている。直に己は死ぬ。

「なんだ、泣いてんのかよ」

汚い物でも見るように勝政に目を落としながら、脇坂が顔をしかめた。

「殿軍のお前ぇが頼りねぇから、鬼玄蕃が戻ってきたそうだぜ」

もう勝政は崩れている。何を言われようと、心に波風はたたない。

「成仏しな」

首に冷たい物を感じる。

勝政は事切れた。

何も残らなかった。

四方の器

真四角の枡になみなみと注がれた水。一滴の水も縁を濡らすことなく、わずかに上方にふくらみながら器に留まりつづける。足りぬことも、余ることもない完全なる姿で、器のなかに納まっている。

そんな生き方が望ましい。

堀久太郎秀政は、己の生の在り方を器のなかの水になぞらえていた。過不足なく何事も十全にやりきる。それが如何に難しいかを知っているからこそ、秀政はつまらぬ命の際も端々に神経を行き渡らせることにしていた。そんな日々の精進の結果、周囲からもそれなりの評価を得ている。

旧主が苛烈な気性であった故に、ひとつひとつ丹念に熟さなければ、怒りを買った。全て命懸けである。旧主の小姓であった。身の回りの一切を命懸けで務めるうちに、今の己が出来あがったといって良い。各地の部将たちへの伝令や、兵の差配などを任されるようになり、旧主が死んでからの戦の日々では、兵を率いて敵大将と渡り合いもした。役目が変わろうとも、秀政は何事も疎(おろそ)かにせず、十全にやりおおすことに努めた。

万事そつなくやるという評価を得、皆からの信頼を受け、いまの秀政がある。

今日は何を申しつけられるのやら。

そんなことを考えながら、狭い廊下を黙々と歩いている。当世具足に朱色の羽織(はおり)を着た秀政の姿を認めると、誰もが顔を伏せて道を開けた。そのひとりひとりに小さな礼を返す。どんなに身分の低い者でも、それは変わらない。些細(ささい)なことであるが、どこでどう己に戻ってくるか解らない。彼の人の例もある。

楽田(がくでん)城に秀政はいた。尾張(おわり)の北部にあるこの小さな城の周囲にはいま、八万あまりもの味方が集っている。

「おぉ、来たか久太郎」

廊下の左方に見える開け放たれた戸のむこう、広間の方から快活な高い声が聞こえた。秀政は声のした広間を見ずに、速(すみ)やかに廊下を歩き、みずからが座るべき場所を思い描きながら敷居を跨いだ。そして広間へと足を踏み入れ、思い描いた場所に座り、平伏した。

「お呼びでござりまするか」

目を伏せたまま問う。

「待っておった。面を上げてこっちに来い」

人懐こい声を耳にし、秀政は言葉に従い顔を上げた。小柄な男が上座で手招きしている。脂っけのない細面。日頃から頬が紅く染まり、鼻と唇の間が人よりもわずかに離れている。たしかに猿に似ていると、秀政も思う。しかし旧主はこの男のことを、禿鼠と呼んだ。だから秀政も、猿というよりそちらの方がしっくりくる。せせこましいくらいに小刻みに手を振り、男が手招きしていた。羽柴筑前守秀吉。それが男の名である。

「では」

わずかに腰を上げ、黒光りする床板を滑るようにして秀吉に近付く。

秀吉の左右には、二人の男が控えていた。二人ともまだ若い。が、その顔貌は面白いくらいに異なっていた。右に座っている男は、いかにも神経質そうな面差しである。眉間に深く皺が寄っているところに、男の細かさが滲みでていた。もうひとりはさらに若く、まったく頼りにならなそうなひ弱な顔つきである。怯えるような目を秀政にむけて、いまにも泣きそうだった。いったい何に怯えているのか。眉間に皺が寄っているのは石田佐吉、泣き顔は秀吉の甥、三好信吉である。どちらも見知った顔だ。

秀政は二人に目礼をし、秀吉を見た。

「ちと頼まれて欲しいのじゃ」

秀吉はつぶらな目を笑みの形に歪めて言った。機嫌は良いようだ。

「如何様なりとも」

秀吉に臣従している。否応などない。

ほんの二年ほど前までは秀吉と秀政は同輩だった。ともに織田家に仕える武将として、旧主信長の覇道を推し進めていた間柄である。秀吉は重臣、秀政は主の側近ということで立場に違いがあったが、信長を主と仰ぐという意味においては同じであった。

しかし信長が本能寺で殺され、すべてが大きく変わる。

旧主が死んだ時、秀政は奇しくも秀吉の陣中にあった。信長の使者として、中国の毛利を攻めていた秀吉の元を訪れていたのである。そこで主の死を知った。信長の仇を討つという秀吉に従って、山崎の地で明智光秀と戦い、これを破った。その結果、織田家の行く末を決める清須城での会議の際に、他の重臣たちを押し退け信長の孫、三法師を織田家の惣領と決めた秀吉により、秀政はその傅役を任された。清須での秀吉のやり方に不満を持った信長の三男信孝と、その後ろ盾であり織田家筆頭の重臣であった柴田勝家を秀吉は戦で破り、今や天下に並ぶ者のない大大名となった。

大きな流れに乗るように、秀政はいつの間にか秀吉に臣従するようになっていた。

「紀州と勝蔵がのぉ」

そう言って秀吉は長い鼻の下に伸ばした髭をつまんだ。

紀州は池田紀伊守恒興、勝蔵は森武蔵守長可のことである。彼らもともに織田家に仕えていた者たちだ。恒興の母は信長の乳母。故に信長と恒興は乳兄弟の間柄である。長可は鬼武蔵という異名を持つ猛将だ。父の可成も信長に仕え、戦場で多くの武功を立てている。長可の弟の成利は乱丸という名で信長の小姓を務め、本能寺にて信長とともに果てている。秀政は信長の小姓を経て今の立場を得た。乱丸が死んだと聞いた時は、哀れに思ったものだ。が、それもまた乱世の習いである。憐憫の情はあれど同情はせぬ。

「池田殿と森殿が如何なされましたか」

生え揃わぬ貧相な髭をもてあそびながら口籠る秀吉を、さりげなく促す。秀吉が勿体ぶった態度を取る時は、問い返されるのを待っている。それとなく問うことで、機嫌良く語ってくれる。そのあたりの呼吸は、この二年の間に学んだ。

「このまま睨み合うておっても埒が明かぬと申しておってな。動け動けと鼻息荒く儂を焚きつけるのよ」

いかにも恒興と長可のやりそうなことだ。二人は、苛烈なまでに膨張を続けた信長の覇道を体現してきた歴戦の勇士である。器をも破る激流の如き男だ。このような膠着には耐えられない。

もう十日ほど、敵と睨み合っている。

楽田城の南西に小牧山城という城があった。この城に今、一万六千ほどの敵が籠っている。

敵の首魁は二人。織田信雄と徳川家康だ。信雄は信長の次男である。生まれた日は三男の信孝の方が一日早かったが、母の貴賤によって信雄のほうが次男ということになった。今回の戦の発端は、この信雄にある。

賤ヶ岳の戦において柴田勝家を自刃に追いこみ、秀吉は織田家中に並ぶ者なき力を得た。信雄は、勝家と共闘した弟の信孝を攻めて腹を切らせることで、一時は秀吉と協調するかに見えた。が、秀吉は信雄をみずからの居城である大坂城に呼ぶ。これを臣従の強要ととった信雄は、一度は大坂に赴きながら、秀吉と決裂。秀吉に密かに通じていた三人の家老たちを謀殺したのである。己が力だけでは秀吉に対抗できぬと見た信雄は、信長の死後沈黙を保っていた三河の雄、徳川家康に協力を求めた。このまま秀吉の思うままに事が進めば己が立場も危ういと見た家康は、信雄の求めに応じともに戦うことを決意した。信雄と家康は諸国に加勢を頼んだ。四国の長宗我部元親、越中の佐々成政、関東の北条氏政らがこれに同調する。秀吉と家康による覇権を巡る戦いが始まった。

あくまで秀吉と家康の戦である。信雄はきっかけに過ぎない。この世には分というものがある。どれだけ望もうが、持って生まれた器量が無ければ、人は何も手に入れることができない。信雄はどれだけ手心を加えて見てみても、父信長の足元にも及ばない小物だった。

天下はいずれ秀吉、家康どちらかの手に収まるはずだ。信長と同等の器量を持つ者となると、二人以外に秀政は知らない。己はしょせん与えられた命をこなすだけの男。秀政は自分の分を弁えている。他人の兵すらも熱でほだし、ともに金ヶ崎より京まで逃げるような型破りな器ではない。秀吉は皆を照らす。秀政は秀吉が天下を手中に収めることを願っている。いや信じている。

「たしかに紀州と勝蔵が申すとおり、このまま睨み合っている訳にもいかんからのお」

　秀吉が立ち上がった。軽快な足取りで広間の壁まで来ると、開け放たれた窓の外に目をやる。端然と座したまま、佐吉は己が膝のあたりを見つめて動かない。信吉はどうして良いのか解らぬといった様子で、そわそわと腰を上下させている。

「久太郎」

　振りむいた秀吉が手招きした。秀政は立ち上がって広間を歩き、わずかに後ろに控える。そして、背の低い秀吉の向こうにある窓から見える景色に目をやった。

　城外におびただしい数の旗が揺らめいている。すべて味方だ。その数八万あまり。敵の四倍以上の数である。八万の味方のはるか先に、小高い山が見えた。山の頂に小さな城がある。小牧山城だ。山の斜面には敵の旗が無数に揺れている。

「お主ならどう攻める」

　小牧山を見たまま秀吉が問う。

「数の上ではこちらの勝利は間違いございませぬ。が、敵は名うての戦上手」

「そうじゃ。あのぎらつき目玉狸(めだまだぬき)が相手じゃ」

　家康の野戦上手は周知の事実であった。加えて三河兵の精強さは天下に鳴り響いている。いっぽう秀吉は、城攻めを得意としていた。大軍で囲んで敵を自滅に追いやる戦を好む。しかし今回は、家康はそれを許してはくれまい。その上、寄せ集めのこちらには、兵糧の問題もある。大軍である故に、そう長くは滞陣できない。

「どうすれば良いかのぉ」

力無い声で秀吉がつぶやく。

こういう所がこの男の最大の長所だと、秀政は思っていた。

大抵、主従の間柄にある場合、上に立つ者は従える者を己よりも下に見る。自分が一番勝って(まさ)いて、従えている者は己より劣るものだと思っているものだ。男ならば仕方のないことだと思う。武士ともなれば、その思いはひと一倍強い。負けは死を意味する。

秀吉は己が一番優れていると思っていない。人の力を借りることを恥と思わない。何事も己の決めたことでなければ満足しなかった信長よりも、その点で秀吉は勝っている。人前でなりふり構わずみずからをさらけだすことのできない秀政には、そんな秀吉がうらやましく、またねたましくもあった。

「正面から戦うのはまずい。お主もそう思うじゃろ」

秀政はうなずきで応える。そして思う。秀吉はいったい、己に何を求めているのかと。

「佐吉」

小牧山城を見たまま、秀吉は背後に声を吐いた。呼ばれた佐吉は簡潔な応答をひとつ返して、その場を動かない。秀吉が続ける。

「紀州と勝蔵の申してきた策を申せ」

「殿にはこの地に留まっていただき、小牧山を牽制（けんせい）してもらい、池田、森の両軍によって兵が出払っている三河岡崎（おかざき）城を急襲いたしまする。敵の本拠を攻め、家康が浮足立って小牧山から援兵を出したところを、殿が背後から突く」

「と、いうことじゃ」

秀吉が秀政を見た。

「どう思う久太郎」

「悪くはないかと思いまする」

正直な意見を簡潔に口にした。それでも言下に滲ませた憂慮（ゆうりょ）を、秀吉は機敏に悟ったようである。細い右の眉がわずかに吊りあがった。秀吉は窓に背をむけ、秀政を見上げる。

「奥歯に物が挟まったような物言いじゃな」

「膠着したこの状況を変えるには、池田殿と森殿の策は有効でありましょう」

秀吉は相槌(あいづち)だけを返して言葉を待っている。秀政は浮かんだことをそのまま言葉にした。

「しかし敵は家康。彼(か)の者の目を欺(あざむ)き、三河を攻めることが果たしてできましょうや」

こちらから小牧山が見えるということは、敵も秀政たちを見ているということ。これだけ両軍が接近している現状では、すべての動きが筒抜けであると考えるのが妥当である。

「万一、別働隊の動きが敵に知れれば、背後を突かれるのは我等の方」

恒興と長可は焦っている。一刻も早く功を立てたいのだ。なぜなら秀吉が大坂城から三万の兵を率いてこの地に赴くことになったのは、長可の失態に原因があるからである。

長可は恒興の娘婿(むすめむこ)だ。それもあって恒興と長可は当初より共同で兵を動かしていた。秀吉、信雄双方から勧誘を受けていた両者は、信雄方の犬山(いぬやま)城を攻め落とし、みずからの旗色を明らかにした。その後、秀吉は信雄の領国紀伊に兵を進める。

その中には秀政もいた。秀政たち羽柴軍は紀伊の諸城を次々と攻め落とし、信雄を追い詰めていく。こちらの動きを牽制するため、信雄と家康は本陣と定めていた清須城から出て、北に進み、小牧山城に兵を置いた。家康の重臣酒井忠次（さかいただつぐ）は、犬山城の南に位置する八幡林（はちまんばやし）に布陣する長可が孤立していることを知り、五千の兵を率いて奇襲。長可は突然の攻撃に総崩れとなり三百あまりの死者を出した。この敗戦によって美濃周辺の戦場は家康の優位な状況となった。秀吉はみずから三万の兵を率いて大坂城を出陣。楽田城に入って敵が優勢となった戦場を均衡せしめたのである。八幡林での敗戦を払拭せんと長可は焦っていた。そして岳父として、恒興もまた焦っている。

「血気に逸（はや）る両名が、どこまで密やかに動けるものか」

「儂が悩んでおるのもまさにそこじゃ」

嬉しそうに言って、秀吉は秀政の肩に手を置いた。掌（てのひら）の大きさの割に太くて長い指で握りしめる。秀政はわずかに前かがみになって辞儀をするような体勢を取り、手を置きやすい位置に肩を動かす。それを確認した秀吉は、じっくりと三度ほど左右に揺すってから手を放した。そして上座へと歩き、はねるようにどかりと腰を下ろす。秀政も少し遅れて下座に座った。

「奴等だけでは心許ない」

読めた。無理難題が来る。先までにこやかだった秀吉の目が、いまは笑っていない。

「紀州の六千、勝蔵の三千。そこにお主の三千」

「某も三河攻めに加われということでございますか」

「まだじゃ」

秀政にむけられていた秀吉の目が、すっと甥の信吉を見た。

信吉はどうして良いか解らぬといった様子で一度大きく肩を震わせ、秀吉から目を逸らした。

「こやつも十七。そろそろ武功のひとつも立てさせてやりたい」

喰ったような面よりも、素直な気性なのだ。気の良さが顔に表れている。むかいに座る佐吉の人を余程好感が持てた。が、それと武将としての器量は別だ。

秀吉には子がない。身ひとつで伸し上がったために子飼いと呼べる将もいない。それ故、縁者に対しての執着が人一倍強くなった。賤ヶ岳の戦の折も、みずからに近しい加藤清正や福島正則などの活躍を、我がことのように喜んだ。

「信吉に八千を与え、総大将としたい」

どうじゃ、と秀政に問い、秀吉は黙った。

総勢二万となる大軍勢である。総大将がこの少年で果たして良いのだろうか。敵は幾多の死線を潜り抜けてきた家康だ。不測の事態が起こることは、十分に予想できる。しかし信吉を総大将にするという秀吉の考えは、恐らくどうやっても動かない。

と、そこまで考えた時、秀政はみずからに望まれている役目について語っていた。

「信吉様のこと、何があってもお守りいたしまする」

「やってくれるか」

秀吉の顔がぱっと明るくなった。腰を浮かして小さな身体を機敏に動かし、膝で歩み寄ってくる。そして、大袈裟な身振りで、秀政の両手を取った。

「聞いたか信吉。何をやらせてもしくじらぬ秀政が、お主を守ってくれると申してくれた。これで心配ない」

激しく両手を振る秀吉の肩越しに、気弱そうな顔が見え隠れしている。

「信吉のことは勿論じゃが、紀州と勝蔵のことも頼んだぞ。彼奴等は戦場で功を挙げることしか考えておらん。己が良ければそれで良い。そういう古い考えしか持たぬ奴等じゃ」

気弱な総大将の御守りと、鼻息の荒い武将たちの手綱取り。損な役回りである。

「このようなことを頼めるのは、お主しかおらん。頼んだぞ堀久」

「承知いたしました」

秀政は枡に注がれた水を脳裏に思い浮かべる。水は一滴も零れていなかった。

＊

「儂が先陣、婿殿が二陣。これで勝ちも決まったようなものじゃな」

大声で言い放って池田紀伊守恒興は豪快に笑った。そのかたわらで床几（しょうぎ）に座っている娘婿の森武蔵守長可は、舅（しゅうと）の根拠のない発言に素直にうなずいている。血は繋（つな）がっていないのに、たたずまいは実の親子のようであった。気性が為（な）せる業（わざ）だと、秀政は思う。

二人の猛将を目の前にして、秀政は淡々と盃（さかずき）を傾けていた。陣幕のなかには四人。秀政の前に恒興と長可が並んで座っている。そして三人に挟まれるような形で、上座に信吉が座していた。

明日、四人は密かに楽田城を抜け、二万の兵を引き連れ三河へと赴く。その前夜のささやかな酒宴である。少しでも敵に悟られぬよう、朝早くに城を出るため、城郭内の小さな庭に幔幕（まんまく）を張って呑んでいた。すでに皆、甲冑（かっちゅう）姿である。

信吉は完全に気を呑まれていた。戦が恐いと怯えきった顔に書いてある。これから祭にでも赴かんとするかのような、嬉々とした恒興たちの顔には戦がなにより好きだ

たかっ
と書いてあった。己の顔には何が書かれているのか。別の誰かになって見てみたかっ
たが、多分何も書かれていないのだろう。
長可が顔を突き出して、信吉を見た。
「儂等が三河に乗りこみ、散々に焼き払ってやりまする故、三好様はあとからゆるゆ
ると来られればよろしいのです。大船に乗ったつもりでおられませ」
「た、頼んだぞ」
「お任せくだされ。ささ、酒を」
長可に勧められ、信吉は手にしていた盃を口に運んだ。瞬く間に盃が空になる。十
七とは思えぬ呑みっぷりだった。
「おぉ、頼もしきお姿よ」
そう言って長可は笑った。歳は秀政よりも五つほど下である。が、傍目からは長可
のほうが年嵩に見えていることだろう。顎髭を十分に蓄え、立派な鼻と太過ぎる眉。
一方の秀政は細面で、生来髭も薄く眉も細い。いつまでたっても歳相応に見られなか
った。時には十も若く見られることもある。小姓上がりと悪く言われたのは、さすが
に昔のことだが、武将としてはいささか貫禄に欠けた。
「おい久太郎」

粗暴な声が眼前から聞こえた。伏せていた目をゆるりとむけると、赤ら顔の恒興がこちらを睨んでいた。この男は秀吉よりも年長である。そろそろ五十にさしかかろうという歳だ。恒興だけが他の三人よりも飛び抜けて年寄りだった。

「なんでござりましょう」

秀政は努めて平静に、恒興に問うた。こちらを睨む老将の目は、明らかな敵意を孕んでいる。どうやら今回の奇襲に秀政が加わっていることが不服なようだった。

「筑前殿は何故、お主を三河攻めに加えられたのじゃ」

「さて、何故にござりましょう。某にも解りかねまする。秀吉様からは、ただ三河攻めに加われと命じられただけにござる」

お主らの手綱を握っておれと言われたなどと、答えられる訳もない。

「何事もそつなくこなす久太郎殿を、筑前殿は大層高く買っておるらしいの」

明らかな挑発である。目上の己は誰よりも正しくて優れている。矮小な自尊心を満足させるためならば、人がどう思おうが構わない。我儘な気性が、秀政を睨む目の奥に暗い光となって見え隠れしている。秀政は口許をわずかに吊りあげ、微笑をかたどる。

「何かご機嫌を損なうことを、某がいたしましたでしょうや」

「お主のそういう所が気に喰わぬのじゃっ」

恒興が声を荒らげ、盃を放った。胴の真ん中に当たった朱塗りの盃は、秀政の股の間を転がり、地に落ちる。騒ぎに気づいた若衆が、陣幕の外から静々と現れ、落ちた盃を片付けた。その間も恒興は秀政を睨んだままである。膳に新たな盃を置いてから、若衆はそそくさと去った。再び四人になり、恒興が剛毛に覆われた唇を震わせる。

「なんとか申してみよ」

「お戯れが過ぎまするぞ」

微笑を崩さぬまま秀政は言い放つ。恒興の右の眉がぴくりと上下した。長可は舅の気勢に乗るようにして、こちらを睨んでいる。上座の信吉は剣呑な気にあてられ、いまにも倒れそうだった。笑みを消し、秀政はただ眼前の老人だけを見つめ続ける。

「戯れが過ぎるじゃと。お主、誰に申しておるのか解っておるのじゃろうな」

「池田紀伊守恒興殿にござります」

威しの言葉にも秀政は退かない。

「某は秀吉殿に此度の奇襲に加われと命じられたまでにござる。誰に高う買われておるのか知りませぬが、某は命じられた役目を熟すのみにござる」

恒興の唇がさらに震え、奇妙な形に吊りあがる。怒りで笑っているのだ。それでも秀政は押し続ける。

「初めから池田殿は、喧嘩腰であられた。某が機嫌を損なうようなことをいたしたかと問えば、今度はそういうところが気に喰わぬと盃を放られた。いささか理不尽に過ぎるのでは」

「先刻からお主は、誰に能書きを垂れておるのじゃ」

「先刻から申しておりまするが、池田紀伊守恒興殿に対してでござる」

「お主はっ」

恒興が立ち上がる。すでに腰の刀を抜き放っていた。さすがに歴戦の武人。見事な抜きっぷりで、気づけば刃が首に触れている。秀政は刀を手にして立つ恒興を、身じろぎひとつせず端然と見上げる。

「どうじゃ。これでもまだ、小賢しい舌を回せるか」

「某には微塵の非もござらぬ。申したきことは如何なる場合でも、申しまする」

「死ぬぞ」

「間違ってはおりませぬ」

見開いた恒興の目が、秀政を射る。

「き、紀州殿」

堪らず信吉が声を上げた。どれだけ幼かろうと頼りなかろうと、今回の三河攻めの総大将は信吉である。大将である信吉が間を取り成すのが一番手っ取り早い。そこまで若い将は考え、勇気を振り絞って言葉を吐いたのであろう。やはり悪い男ではない。育てば良い武将になるだけの器も秘めているようだ。首に刃をつきつけられながら、秀政はそんなことを考えていた。動じない秀政を前に、恒興の怒りはますます高まってゆくようだった。

「謝れ」

「謝りませぬ」

毅然とした態度で言いきる。

「どうなっても良いのか」

「もとより覚悟の上」

恒興の白目が真っ赤に染まっているのが、松明の炎の頼りない光でもはっきりと解った。この鬼気迫った舅の姿に、さしもの長可も息を呑んで見守っている。しばし睨みあいが続いた。

「ぬわはははははっ」

いきなり恒興が笑った。首にあった冷たい物が消えたと思うと、すでに恒興は刀を鞘（さや）に納め床几に座っていた。

「戯言（ざれごと）じゃ、許せ久太郎」

恒興が膳に置かれていた酒壺（さかつぼ）の首を握り、ふたたび立ち上がった。そして大股で秀政の前まで歩み、しゃがんだ。

「悪かった久太郎。儂の方から謝る。許せ」

酒壺を差し出してくる。秀政は微笑を浮かべ、己が盃を手に取った。

「某こそ生意気な口を利き、申し訳ございませなんだ」

深々と頭を下げる。

「呑め」

盃に注がれた酒を、一気に呑み干す。

「良き呑みっぷりじゃ。信長様から筑前殿への見事な変わり身の早さ。世渡りだけの男かと思うておったが、お主、なかなか骨があるではないか。見直したぞ」

そういうことか、と秀政は心に呟く。この男は心のどこかで、己より下であった秀吉にいまだに臣従しきれていないのだ。その当てつけとして、己に文句を言ってきたのである。

「恐れ入りまする」

心を押し殺して辞儀をすると、恒興の満足そうな笑い声が頭の上に降って来た。

武に生きてきた男は、押されて退く者を嫌う。恒興が威しをかけてきた時、秀政は絶対に退かぬと決めた。もしあそこで地べたに頭をつけて謝っていたら、恒興は己が自尊心は満足させたかも知れないが、秀政への興味を失ってしまっただろう。そうなればこれからの行軍にも支障を来す。八方が丸く治まるためには、恒興の機嫌と己への興味を同時に保つ必要があった。恒興が秀政を見直せば、長可も見方を改めるはずだった。

「久太郎よ」

まるで昔からそう呼んでいたかのように、恒興が秀政を呼ぶ。長可が酒壺を差し出してくる。なんのわだかまりも持たず、秀政は柔和な笑みを浮かべてうなずいた。

「岡崎を落とし、家康を脅かそうぞ」

「存分に働きまする」

「頼んだぞ」

己が総大将になったかのように恒興が言う。秀政はわずかに顔を逸らし信吉を見た。

「信吉様とともに、皆で功をあげまする」

恒興と長可が同時に信吉に顔をむけた。そして老将が、取り繕うようにして口を開く。

「そうじゃ。信吉様の武功を筑前殿への土産にいたそうぞ」

信吉の目から怯えが消え、屈託のない輝きを放っていた。恒興の言葉を受け、素直にうなずく。四人の間に奇妙な結束が生まれていた。

子守りと老将の手綱取り……。

損な役回りである。

＊

楽田城を出て三日目。秀政の先を行く一陣と二陣の池田・森の両軍が、徳川方の岩崎城を落とした。良い報せではあったが、秀政にはどうしても気になることがある。

四つの陣が細長く伸びていた。

真っ先に三河に入った恒興と長可によって行われた岩崎城攻めに、三陣である秀政はまったく関与していない。もちろん秀政よりも後方に控えている大将の信吉も同様である。そのうえ、信吉からは白山林で休息をとるという報せを受けていた。信吉からあまり離れる訳にいかないから、秀政も行軍を止めざるを得ない。

「良いか、こまめに白山林方面に見張りを出せ。事が起こってからでは遅い」

家臣に命じる。

四人の統率が取れていない。鼻息の荒い池田・森の両軍は、我先にと軍を進め、逆に信吉の率いる第四軍八千は戦を拒むかのようにゆるゆると兵を進めている。そもそも経験の浅い信吉には、全軍を統制するような力はない。間に入った秀政は、両者の調子を合わせるために、いずれとも付かず離れずの距離を保ちながら兵を進めている。

嫌な予感しかしない。軍が伸びきって隙だらけだ。前後左右いずれから攻められても、いまなら敵の思うままである。こちらはすぐに結集することができず、敵は各個撃破も分断も可能だ。それを秀政以外の将は解っているのか。己が功のみを求める恒興と長可。戦場からできるだけ離れていたい信吉。双方の思いが正反対であるが故に生まれた伸びきった隊列である。

秀政は目を閉じて、いかなる場合にも対処し得る用兵を思い描く。

まず前方。三河領内から池田・森へ反撃がある。武勇には優れた二人だ。ある程度は任せておいても支障はない。信吉の八千を待って合流し、後詰めに加わる。それで問題はないだろう。

側面からの奇襲。どこに敵が現れてもいまのままでは、間違いなく隊列は分断される。どこに敵が現れるかで状況はまったく違ってくるだろう。最も恐ろしいのは、信吉と秀政の間に敵が現れた時だ。信吉の軍が孤立する。野戦の機微を心得た家康だ。隊列を分断した時点で、背後からも信吉を襲うだろう。分断挟撃を受けた信吉はひとたまりもない。背後からの奇襲でも、同様のことが言えた。敵が背後から襲いかかる時、真っ先に戦うことになるのは信吉の八千である。あの戦嫌いが奇襲を受けて、冷静な対処ができるとも思えない。

脳裏に枡を思い描く。枡はこの軍勢だ。水が溢れようとしている。少しでも横から衝撃を与えれば、たちまち水は零(こぼ)れてしまう。それほどに水はなみなみと注がれていた。

「どう出るつもりじゃ」

枡の水面に浮かんで揺れる狸面へと問う。とにかく打てる手は打っておくに限る。

「誰か」

すぐに家臣が姿を見せ、秀政の前に片膝をついた。

「信吉殿の元に遣いを出せ。これだけ隊列が伸びておると、奇襲を受けやすい。もし敵に攻められたならば、すぐに我が方へと兵を寄せ、合流なされたし。堅く陣を固め、何よりも先に我が隊へとむかうように。こちらも報せを受け次第、すぐに兵を動かしまする故、努々、警戒は怠らぬように、とな」

短い返事をすると家臣は下がった。

「すでにお味方は総崩れにござりまするっ」

苦悶に顔を歪めて叫ぶ伝令の声を、秀政は唖然として聞いた。あまりにも唐突だった。

徳川軍の奇襲を信吉が受けた。そこまでならばまだ対処のしようがあった。が、伝令はそこで言葉を止めようとしなかった。奇襲を受け、信吉の八千は為す術もなく潰走。総崩れであるという。昨夜の指示は信吉に届いている。奇襲を受けたらすぐにこちらへ移動することになっていた。信吉を守るように陣を固めさせれば、さほど難しいことではなかったはずだ。

「あまりにも……」

早すぎる。どれだけ脆弱な軍であったとしても、一刻あまりのうちに潰走するなどありない。敵の襲撃を受けて将が取り乱し、兵が満足に動けなかった……信吉の頼りない顔を思い出し、あり得ぬ話ではないと、思い直した。立ち上がり、伝令を見おろしながらつとめて冷静な声を吐いた。

「信吉様は如何した」

「馬を失われたようですが、家臣の馬に乗りすでに」

「落ち延びられたか」

伝令がわずかにうなずいた。星が輝く天を仰いで、秀政は重い息を吐く。不覚であった。己の読みが浅かったというしかない。まさかこれほど簡単に、本隊が崩れるとは夢にも思わなかった。森、池田両軍との連絡を考え、本隊とも距離を置いたことが悔やまれる。

伝令をそのままにして背後に控える家臣に声をかける。

「五十人をすぐに白山林方面にむかわせ、信吉様の行方を探させるのだ。なんとしても見つけ出し、秀吉様のもとへ送り届けろ」

ひと息入れてから、ふたたび言葉を吐く。

「すぐに引き返し、第四陣の兵を迎え入れ、敵を迎え撃つ。岩崎の一、二陣には使いをだして至急城を棄てて反転するよう伝えよ。良いか、拙速が肝要だ、解っておるな」

命令を伝えている間に、心は平静を取り戻していた。頭のなかでやれることを整理し、言葉として発してゆくことで、動揺は消えてゆく。戦場では何があってもおかしくない。取り乱さずできることを冷徹にやりきることが、将の役目である。旧主は、いかなる時にも冷徹であった。

「信吉様は生きておられるのか」

「解りませぬ」

四角い枡のなかの水が揺れていた。が、まだ落ちてはいない。信吉はまだ死んではいない。潰走したとはいえ第四陣の兵たちは恐らく残っている。背後から迫ってくる敵と戦い、とにかく池田、森両者の軍を待つ。

「行くぞ」

信吉が襲撃を受けた白山林より南東に下った檜ヶ根の地に、秀政は三千の兵を展開させた。そのはるか南方には、池田、森両軍がいる岩崎城がある。敗走した信吉隊の兵を受け入れるため、秀政は北進し、檜ヶ根の丘陵地帯に陣を布いた。丘の頂付近に二百あまりの本陣を置き、そこに足軽頭以上の者たちを集めている。信吉を打ち砕いた大須賀康高、榊原康政の四千五百あまりが、勝利の勢いに乗って進軍中という報せが入っていた。

「敵は四千五百。我が方との差は千五百じゃ」

潰走してきた第四陣の兵たちも相当数収容していた。が、頼りにするのは、あくまで己が三千である。策のなかに敗残兵は入れない。

「そのうえ敵は勝利に勢いづいておる。正面からぶつかるのは避ける」

足軽頭から重臣にいたるまで、秀政の言葉を黙って聞いているので、戦場でもよく通る。堀家の戦いにおいては、戦が始まる前のこのひと時が、何よりも重要だということを誰もが心得ている。秀政の言葉を、一言半句聞き逃すまいと皆必死だ。

「まず千」

言いながら右方に集う者たちを見た。秀政の視線の動きだけで、どの隊が対象であるかおのずと解るようになっている。該当する将たちの顔が引き締まる。

「この軍議が終わると同時に、速やかに兵を率いて丘を降り、麓の森に潜め」

秀政が本陣と定めたのは檜ヶ根の丘陵上である。そこから麓まで続く斜面に、本陣を守るように残りの兵を置いていた。

「敵の進攻に合わせて伏兵の有無を確認しながら移動。闇のなかの行軍だ。心してかかれ。敵の伏兵があった時は全軍でこれを殲滅。伏兵の殲滅後、または伏兵が無いと知れたら、すぐさま丘に上がり、敵の側面を突くべし」

対象の将たちがうなずきで応えた。

「本陣の二百を省いた残りの千八百は、ひとつに固まり斜面に布陣。敵の進軍を阻むような形で横に広がれ」

第四陣の敗残兵たちは、麓に置くつもりだ。無理に戦う必要はない、適当に敵とぶつかったらすぐに退くようにと伝えている。要は策を展開する前に、敵の勢いを削ぐ役をしてもらう。その程度の働きで十分だ。

「敵が斜面を登り間合いが詰まったら、鉄砲玉を浴びせかけよ。ひとしきり銃撃を終えたら、千八百はふたつに分かれ左右に広がれ」

展開、集合、突進、撤退、様々な状況においての各々の身の処し方を、足軽頭以上の者たちには日頃から頭と身体に叩き込んでいる。己が右か左かなどということは、皆すでに弁えていた。

「左右に割れることで本陣が剝き出しとなる。敵がまっすぐに本陣を目指すなら、左右から挟んでしまえ。まぁ、割れた敵を警戒せずに本陣を目指すような愚行を犯すとは思えぬが」

将たちからささやかな笑いが起こる。

「ふたつに分かれた一方を目指して敵が各個撃破を狙ってきたら、狙われた九百は頂の方へ退きつつ、もう一方が敵の背後に回るための牽制をしろ。狙われなかった九百は、素早く敵の背後を取り、挟撃の形を取る。何度も言うが敵は勝ちの勢いに乗っておる。九百のみで対処するのは難しい。速やかに動くことが肝要じゃ」

まだすべて語り終えていない。将たちも黙ったまま誰も動こうとしない。

「敵が左右に割れた我が方を同時に狙い、兵を分けて来た場合は、九百は四百五十ずつに分かれ、軍を四つにする。そして割れた敵をやはり左右から挟みこむ形を狙う。もし敵も四つに分かれたら、二百二十五ずつに分かれる。これも挟撃だ。八つまではそれで行く。敵が八つに分かれた時は、本陣から合図を出す」

あらかじめ法螺貝の音に意味を持たせている。大きく一度は集合、二度で分割、三度で突撃。最後に短く一度吹くことで締め、何度吹いたかを明確にしている。退却の時は、小刻みに何度も吹く。

「貝を一度吹く。集合だ。八つに分かれた敵が動くよりも先に一個に集まるのだ。そして、ばらばらになった敵を各個撃破してゆく」

いつ敵が来てもおかしくないころだった。そろそろ軍議を終えなければ、皆が兵たちに伝える時がなくなる。

「良いか、本軍は伏兵を頼りにするな。自分たちだけで勝つのだ。伏兵は速やかに周囲の無事を保ち、本軍がいかなる状況にあろうと敵の側面を突け。判断は任せる。細かくなった敵のひとつひとつを潰してゆけ」

左から右へとゆっくりと首を動かし、ひとりひとりの顔を確認してゆく。

「最前で戦う兵どもは命のやり取りをしておる故、頭に血を昇らせるなと言うても無理なことだ。が、お主たちは堀家の将じゃ。如何なることがあろうと、決して我を忘れるな。策を忠実にこなすため、常に頭を冷やしておけ。皆が策の通りに動けば必ず勝てる。安心しろ」

雄々(おお)しい喚声とはいえぬ、静かな声が将たちからあがった。しかし抑えられた声に、胸に秘めた血の滾(たぎ)りが十分に滲んでいる。

これが堀家の戦である。

「散会」

秀政が告げると、将たちは速やかに己の持ち場へとむかっていった。

本陣の兵は二百。あまりにも少ない。四千五百の敵が襲いかかればひとたまりもなかった。だが敵は絶対にここまで来ないという確信が、秀政にはある。

檜ヶ根のなだらかな斜面に、味方の千八百が広がっている。麓には大将を失った第四陣の敗残兵たちがいた。闇のなか松明を灯した敵が、じりじりと迫ってくる。徳川四天王の一人、榊原康政らの兵だ。四千五百。斜面に展開する味方の倍以上の数だ。だからこそこの地に陣を布いた。地の利を制することで、敵の数の利を封じるためである。

敵が第四陣の敗残兵たちと当たった。

喚声が聞こえてくる。始まった。が、まだこれは前哨戦。勝敗をつけるような戦いではない。敗残の第四陣の兵たちに、戦意はなかった。敵を足止めするだけの動きである。伏兵が周囲を探る時を稼ぐのだ。

戦が始まってしまえば、秀政がやることは少ない。

一騎当千の猛者ならば、槍を手にして敵中に飛びこみ、味方の士気を揚げることができるだろう。稀代の策士であるならば、刻々と変化する戦況に合わせ、奇抜な策をもって縦横無尽に敵を動かすことができるだろう。しかし秀政は猛者でも策士でもなかった。何事もそつなくこなすのみ。それが己の器、己の分なのだ。

戦前、皆に伝えた用兵に遺漏はない。敵がどのような動きをしても、兵たちは必ず秀政に応えてくれる。夜戦であろうと、鍛えあげられた兵たちに不安はない。秀政は本陣深く設えられた床几の上で、決着を待つのみだ。

敵が麓の兵を退けてゆく。敗残兵たちが散り散りになる。決着がつけば再び集まって来る手筈になっていた。

　本隊目掛けて斜面を登る敵。

　味方がいっせいに銃弾を浴びせる。闇夜に無数の閃光が瞬く。敵も鉄砲を放つ。しばしの膠着。動いたのは敵のほうである。銃撃もそこそこに斜面を登り始めた。勝利の味に酔う敵は、数で劣る秀政たちを簡単に蹂躙できると思い、たかをくっている。油断が用兵に表れていた。本来ならば銃撃の後、間合いを測るように槍を持った徒歩を寄せてくるのだが、敵はこちらの本隊を一気に潰さんとして、ひと固まりになって攻め上ってくる。性急な敵の動きを見て、秀政は勝利を確信した。敵を前にして味方がふたつに割れて、左右に広がる。真っ直ぐ坂を登っていた敵が、右に動いた味方に狙いを定めた。

「良し」

　床几に座ったまま秀政は思わずつぶやいた。

一番良い展開だ。右方に進む味方が、敵の突進をかわすようにして後方へと退いていく。四千五百が追いながら斜面を登る。その背後にもう一方の味方が迫っていく。

敵が止まった。こちらの動きを警戒している。挟撃。挟みこんだまま乱戦となった。敵は動きを止めた一瞬で、背後への備えを行っていた。前後から味方が押すが、堅くてなかなか攻め崩せないようだった。さすがに三河武士である。

「だが、これでも耐えられるか」

秀政の目は前後から揉まれる敵のむこうに見える斜面を見ていた。夜陰に乗じ、千の伏兵が凄まじい勢いで登ってきている。敵の横腹に千が激突した。これには三河兵も耐えられない。伏兵は敵を貫き、本陣のほうへと駆け上ってきた。中央を割られた敵を、前後の本隊が襲う。反転した伏兵が再び横腹に喰いつく。

新手が加わってからは、あっという間だった。敵が斜面を転がるようにして逃げていく。

秀政は座したままであった。

「第四陣の兵たちを再び集め、すぐに第一、二陣と合流する」

勝利に酔うような暇はなかった。

＊

「なんということだ」

　眼前に広がる九千の兵を馬上から見て、秀政は苦渋にみちた声を吐く。

　榊原、大須賀の四千五百と戦っている間に、家康の本隊は秀政と一、二陣を分断する形で兵の壁を築いていた。おびただしい数の松明が、行く手を塞いでいる。これ以上の南下を許さぬと暗に秀政に伝えているように、家康の率いる九千が分厚い陣容で眼前にそびえていた。

　壁のむこうには恒興と長可がいる。しかし信吉のことが気になった。楽田城まで無事に帰ったのだろうか。このまま家康の本隊に突撃し、秀政も戦に加われば第四陣と信吉はどうなる。敗残兵を糾合しながら秀吉の元へ戻ることこそ、執るべき道なのではないか。

　信吉を頼む。

　それが秀吉の最も望むこと。

「退く」

枡のなかの水は、収拾がつかぬほどに揺れていた。

＊

「良くぞ戻ってきてくれた」

甥に罵声を浴びせてから急激に声色を変えた秀吉の穏やかな言葉を、秀政は淡々と聞いた。楽田城内の大広間である。上座の秀吉のかたわらには、これ以上小さくなれぬというほどに小さくなった信吉の姿があった。それほど土埃に汚れている訳ではない。案外整った姿であった。兵を見捨てて我先に逃げ出すとは何事か、と最前までこってりと絞られていたのである。いまにも泣きそうな顔で、恨めしそうにこちらを見ていた。

「お主だけじゃ久太郎」

秀吉が腰をあげ、秀政に歩み寄ってきた。そして手をつかんで、頭をさげる。

「紀州も勝蔵も死におった。情けなき甥はあの通りよ。お主だけじゃ。徳川に一泡吹かせてくれたのは」

秀吉の言葉通り、池田恒興と森長可は家康に攻められともに討ち死にした。

「功を焦って突出し、そこを襲われたとあっては救いようが無いわ」

吐き捨てるように秀吉が言う。が、秀政には言葉もない。二人が死んだ責任の一端は自分にあると思っている。己がもっと強引に二人の突出を責めていれば、白山林で休息を取ると信吉が言った時、奇襲を受けた際には速やかに合流すべしなどという生易しい忠告ではなく、休息自体を否定し強硬に進軍させていれば、このような結果にならなかったかも知れない。恒興と長可の死も、信吉の哀れな姿も、己に責がある。

「申し訳ありませぬ」

秀政は深々と頭をさげた。

「お主が謝ることは何ひとつない。潰走した信吉の兵をいち早くまとめ、そのうえ榊原、大須賀を打ち破ったのじゃ」

「某が信吉様のもっと近くにおれば」

「紀州と勝蔵を放ってはおけなんだのであろう」

「その池田殿と森殿も、某は守れませなんだ」

「そう己を責めるでない」

つかんだままの秀政の手を、秀吉が激しく振った。

「二陣と三陣の隙を狙うた家康が上手じゃった。お主が家康を攻めておっても結果は変わらん。もしかしたら儂はお主まで失うことになったかもしれんのだぞ。榊原らを打ち破り、潰走した信吉の殿軍を無事に果たしてくれた。さすがは名人。うむ、其方は名人久太郎じゃ」

信吉の殿軍……。そういう考え方もできるのか。妙に納得した。が、名人久太郎という秀吉の言葉が、秀政の心をささくれさせる。

「とにかくお主は良うやった。まずは休め」

楽田城の狭い廊下を黙々と歩む。当世具足に朱色の羽織を着た秀政の姿を認めると、誰もが顔を伏せて道を開けた。そのひとりひとりに小さな礼を返す。

「無念でござりましょう」

突然、背後から声をかけられた。秀政はゆるりと踵を返し、声の主を見た。石田佐吉が立っていた。

「何のことじゃ」

目を細めて秀政は問う。敵意を露わにした声を受けても、佐吉はまったく動じない。醒めた目で秀政を見つめている。意外にも胆力はある。

「殿に褒められても堀様は決して満足なされぬ。そう思いました」

「何を申しておるのか解らぬな」

「もっと上手くやれたはず。急襲を受け、あまりにも早く三好様が逃げ出されたのは致し方ないとしても、第四陣の潰走と池田殿と森殿の死は防げたはず。そう思われておられるのではありませぬか。故に無念でござりましょうと声をおかけいたした」

図星だった。どれだけ秀吉に褒められてもちっとも嬉しくなかった。名人久太郎など大そうな異名を与えられたが、それも虚しく聞こえる。

秀政の心を、この青年は見抜いていた。

「お主ならばどうした」

聞いてみたくなった。佐吉はわずかに虚空(こくう)に目をやり、考える素振りをしてから薄い唇を開く。

「某が堀様の立場にあっても、やはり同じように動いたでしょう。四陣があまりにも早く崩れたこと、榊原らに当たらねばならなかったこと、家康の本軍が素早く一、二陣の前に立ちはだかったこと。それらは堀様にはどうすることもできなかった。某は一軍を率いて戦うたことがござりませぬが、やはり結果は堀様同様かと」

「慰めておるつもりか」

「いえ」

つぶやいて佐吉は微笑を浮かべた。

「ただ堀様のご無念を理解している者がここにおることを、知っておいてもらいたかっただけにござる」

それだけ告げると佐吉は頭を下げて背をむけた。去っていく後ろ姿を見送ってから、秀政はふたたび歩きだす。

目を閉じ、心に枡を思い描く。なみなみと注がれた水。一滴も縁を濡らすことなく、わずかに上方にふくらみながら器に留まりつづける。足りぬことも、余ることもない完全なる姿で、器のなかに納まっている。

はずだった。

枡が濡れている。池田恒興と森長可。二つの滴が枡から零れていた。

「なにが名人ぞ」

声が掠れていた。どれだけ心の裡で拒もうと、秀吉が言い続ければ、じきに皆が秀政を名人と呼ぶだろう。その異名に適うかどうかは、これより先の生き方次第だ。

「もう零さぬ」

死んだ二人を想い、秀政は力強き一歩を踏みだした。

孤軍

「この城に留まって戦うのは、あまりにも無謀にござる。我が殿も、一刻も早く立花山城へお退きいただくことを望んでおり申す」

額に汗して語る息子の家臣の言葉を、高橋三河入道紹運は目を閉じたまま聞いた。

七月の厳しい日差しが、広間を容赦なく照らす。山上の城である。平地よりも幾分、光が強い気がした。戸という戸を開け放っているためまだ耐えられるが、敵に囲まれ全ての戸を閉め切ることになってからのことを考えると、少し暗澹とした気持ちになった。

「紹運様」

黙している紹運に、男が急かすような声を吐いた。名は十時摂津守。息子の重臣である。堅実で実直な男であり、立花家には無くてはならない存在だ。敵が包囲する城にこの男を遣わしたことからも、息子の切羽詰まった想いが感じられる。

広間には、上下に別れて向かい合って座る紹運と摂津守の他に、男たちが左右に並んで二人を見守っていた。どれも紹運が心を預ける者たちである。

「我が殿は、お父上の身をご案じなされておりまする。紹運様の手勢は七百六十あまり」

「七百六十三だ。それに奴はもう儂の息子ではない」

「名が変わろうとも、統虎様は紹運様のお子であらせられましょう」

実直な立花家の重臣は、悲しそうに眉根を寄せて言った。統虎というのが、息子の名だ。

「彼奴は立花家の当主だ。親子の情などより、お主たち家臣のことを真っ先に考えねばなるまい。敵に囲まれたこのような所に、お主のような男を遣わすとは、立花殿もまだまだじゃな」

「そのようなことは殿も重々承知なされておりまする。それでも敢えて、使者をお遣わしになられた統虎様のお気持ちを、汲んでくださりませ。この城の手勢は七百六十三人。宝満山の城にある兵を合わせても二千に満たぬ数でございます。ですが、両城の兵に立花の者を合わせれば五千に届きまする」

「相手は薩摩、日向、肥後、肥前、筑後、筑前、豊前、七ヵ国より集まった五万もの大軍じゃ。いまさら七百が五千になろうと、どうなるものでもなかろう」

「だからといって、この城におってはひとたまりもござりますまい。紹運様はこの城で犬死なされるおつもりかっ」

「もう一遍申してみぃっ」

摂津守の悲痛な叫びに、黙って成り行きを窺っていた家臣たちのなかから怒号が飛ぶ。声のした方を紹運が見ると、一人の男が立ちあがって摂津守を睨んでいた。福田民部という家中でも血気盛んな男である。

お互い壮年同士の摂津守と福田民部が、いまにも相手に飛び掛からんとする勢いで殺気のこもった視線をぶつけ合っていた。

「何度でも申そう」

摂津守が声を落ち着かせて福田民部に語りかける。

「この城に留まって五万の敵に蹂躙されるより、ここより北方四里に位置する立花山城まで退き、五千にて立て籠もる方が、より時は稼げる。さすれば必ず、秀吉殿の援軍がやってき申す。ここ岩屋、そして宝満山、統虎様の立花山城と、三方に分かれておっては、敵の思う壺にござる。このまま戦が始まれば、最も兵の少ないこの城がまず餌食となりましょう」

「殿はそれでもっ」

「民部」

紹運は瞳に気を込め、民部を見る。勇猛な家臣は、それだけで悟った。口をへの字に曲げ、ゆっくりと腰を下ろし、目を背けた。民部の殺気が逸れたのを確認してから、摂津守はふたたび紹運へ迫る。

「紹運様っ、どうか統虎様とともに戦ってくださりませ」

「お主や立花殿が儂のことを想うてくれておるのは解っておる」

「ならばっ」

「儂はこの城に留まる」

あらぬ方を見ていた民部の目が、紹運へとむけられた。夏の暑さで紅潮した頬に、汗ではない滴が見える。摂津守は床に両手を突いて、身を大きく乗り出していた。熱い眼差しで紹運を見つめるその様は、もはや哀願である。どうしても紹運をこの城から逃がし、息子の元へむかわせたいらしい。それは息子自身の願いでもあろう。有難いが、何があっても叶えられぬ願いであった。

「儂はこの城にて島津の田舎者どもを迎え撃つと決めたのじゃ」

「何故にござるか」

「将が二人、同じ所に籠って戦うのは良策とはいえぬ。儂がこの城で戦うことで、立花殿の活路が開ける」

摂津守が息を呑んだ。大きく開いた鼻の穴から鼻毛が一本飛び出しているのが見える。緊迫した場にあまりにも似つかわしくない白い毛に、思わず紹運は噴き出してしまった。一度笑いだすと、止まらない。気付けば大声を上げて笑っていた。いきなりのことで、摂津守も家臣たちも呆然としている。ひとしきり笑ってから、紹運は涙を拭いて、摂津守を見た。

「おい、鼻毛が出ておるぞ」

は、と間抜けな声をひとつ吐き、摂津守は己が鼻に手をやった。指先で触れたにもかかわらず、抜こうとしない。

「抜けば良かろう。遠慮するな」

「の、後ほど」

「ここを出て忘れてしもうて、立花殿の前に行き、鼻毛が残っておったらどうする。あの堅物は、なにも言わず、心の裡でお主の鼻毛を思うのみじゃぞ。儂に言うてもろうておるうちに抜け、抜け」

「そ、それは」

「良いから抜け」

目上の者にこれほどしつこく言われれば、摂津守も拒むことはできぬ。億劫そうに鼻毛を指先で摘まみ、一気に引き抜いた。

「ばぶしっ」

抜いた痛みで、摂津守が盛大なくしゃみをした。家臣たちが一斉に笑う。

「許せ。これより我等は大軍を相手にせねばならんのでな、少しでも笑っておきたいのよ」

摂津守が恥ずかしさと怒りで我を忘れるよりも先に、紹運は謝辞を述べた。それを聞いた家臣たちが頭を下げる。当の摂津守はどうして良いか解らず、鼻の穴をもぞもぞさせながら小刻みにうなずいていた。

「紹運様は」

目を伏せ摂津守がつぶやく。すでに笑っている者はひとりもいない。皆が黙って続きを待つ。

「統虎様の道を開くために、この城に残られるのですか」

「相手が誰かなど関係ない。立花殿でなくとも、儂はこの城に籠ると言うた。これが最善の策であると思うておる」

「儂等は、大人しゅう島津の田舎者に殺られるつもりはない」

紹運はひとつうなずいてから、言葉を接いだ。

「最善の策でございまするか」

＊

十時摂津守の報告を聞き終えた立花統虎は、抑えきれぬ怒りを言葉にして辛い務めを終えたばかりの家臣にぶつけた。黒き具足に身を包んだ若武者は、控える摂津守の前を何度も行き来している。手甲に覆われた右の拳で己の顎を何度も叩きながら、大股で歩む。苛立ちが歩調に滲みでている。立花山城の縁廊下である。統虎と摂津守の二人きり。忙しなく左右に歩む統虎の向こうに、庭が広がっている。青々とした松葉が、激しい蟬の声に微かに揺れていた。

「父上はいつもそうじゃっ」

「一度決めると父は梃子でも動かん」

もはや説得は無駄である。島津の兵が紹運の籠る岩屋城を望む太宰府の地に布陣するよりも以前、五万もの大軍が北上を始めたという報せを受けた時にも、統虎は父に遣いを出した。

〝大軍が押し寄せたと聞いて、長年守ってきた城を棄てて逃げるなど武士にあるまじき行いじゃ。運が良ければ死地でも生き、運が悪ければ生地でも死すものじゃ〟

などと嘯いて統虎の申し出を断ってきた。その後、父は岩屋の家臣たちに、秀吉の援軍が来るまで持ちこたえる。もし間に合わねば、天運と思い、この城を枕に討死するつもりだ。その覚悟無き者は去れ。などと語ったという。それを受けた家臣のなかに、立ち去った者は一人もいなかったそうである。

父も父なら家臣も家臣だ。呆れるしかない。

統虎は紹運の実子である。高橋家の嫡男として生まれた。しかし、ともに豊後大友家を重臣として支えてきた同胞、立花道雪のたっての望みを受け、統虎は立花家に養子に出されることになった。その時も父は、道雪殿には息子がおらぬ、お主を見込んでの話じゃ、しっかりと励め。と言って統虎の意などいっさい聞かず、道雪の娘との婚儀を進めたのだった。

「紹運様は岩屋城に留まることで、殿の活路が開けると申されておりまする」

「父上らしい物言いじゃ」

とにかく父は、己が身よりも他者を第一に思う。統虎の母との婚儀の時もそうだ。

大友家の侍大将斎藤鎮実の妹であった母と父の間に縁談が持ち上がり、両者は夫婦となることになった。しかしその頃、大友家は九州最大の大名として全盛を誇り、父も戦に明け暮れる日々を送っていたのである。その間に、母は痘瘡にかかり、顔に病の跡が残った。鎮実は、妹の容貌の変化を素直に父に告げ、破談を申し出た。しかし父は、母の気性に惹かれたのであって、容姿など関係ないと言い、縁談はまとまったのである。母の気持ちを第一に考え、そして己の道を貫く父に、統虎は素直に尊敬の念を覚えた。

「父上は犠牲になり、俺を生かすつもりか」

八年前、日向国耳川において島津に大敗を喫した大友家は、以降衰退の一途をたどっていた。もはや本拠豊後の支配すらままならず、九州の北部から中部全域を領有していた頃の姿は見る影もない。豊後の他には統虎や紹運たちが守る筑前の一部が大友領という有様であった。

大友の衰退とともに豊前で勢力を増大させた竜造寺隆信が、二年前に島原半島沖田畷において敗れ、隆信自身が討ち死すると、島津の力を抑えられる者は九州にはいなくなった。このまま島津に呑み込まれるのを良しとしなかった統虎や紹運の主である大友宗麟は、今や天下第一の大名となった関白豊臣秀吉に島津討伐を願い出たのである。それを受け、秀吉は九州の諸大名に御教書をもって服従を勧告。島津とそれに通じる大名以外は、秀吉に従うことになった。ここに秀吉の九州出兵の大義は整ったことになる。

じきに秀吉が大軍を引き連れて海を渡ってくる。その前に、島津としても九州を統一しておきたいのだ。

海の向こうからの援軍が来れば、必ず形勢は逆転する。その間の猛攻をしのぎきれるかどうかが、統虎たちの生死を分かつ。長年、戦に明け暮れてきた父である。そのあたりのことは、統虎よりも解っているはずだ。

「紹運様は、大人しゅう島津の田舎者に殺られるつもりはないとも申されておりました」

「解っておる」

父は勝つつもりだ。五万対七百。覆(くつがえ)しようのない兵力の差である。七百だけで五万に勝つというのは、籠城戦では無理な話だ。父の目は、外の味方にむいている。統虎や宝満山の兵ではない。もちろん秀吉の援軍だ。彼らが辿(たど)り着くまで、五万の猛攻を耐えきるつもりなのだ。

統虎は腰に佩(は)いた太刀の柄に触れた。備前長光(びぜんながみつ)。父がくれた刀である。この乱世、道雪殿と儂が敵味方に別れる時が来るやも知れん。その時は、この刀で迷わず儂を討て。道雪殿は真っ直ぐなお方じゃ。もし離別されるようなことがあっても、この城に戻って来ることはならん。その時は潔くその刀で腹を切れ。その父の言葉と長光を携え、統虎は立花家に入った。

己は立花家の当主。が、その前に、高橋紹運の息子である。父がどれだけ拒もうと、親子の繋がりは切れるものではない。統虎の心には、いまも紹運との親子の情がしっかりと根付いている。

「父の元へ行き、死をも厭わず戦える者を募れ。みずから死地に赴ける者じゃ」

「岩屋城へむかわせまするか」

「父の冥途の土産だ」

きっと父は生き延びる。そう願っているからこそ、統虎は皮肉な物言いで摂津守に命じた。

*

「やっと帰ったわ、黒田官兵衛」

肩に手を当て、頭を左右に振りながら、紹運は目の前を通る家臣に問うた。広間に座しているのは紹運だけで、後の者はそそくさとどこかに立ち去ろうとしている。すでに岩屋城が建つ四王寺山の近くまで、島津の大軍は迫っていた。岩屋城の南方、二日市の片野にある丘陵地に本陣を敷き、前線は四王寺山の麓、観世音寺に置いている。いつ敵が襲って来るかもしれないという状況のなか、家臣たちは己の持ち場を空けてはいられないのだ。

「猿も呑気なものじゃの」

秀吉を猿と言ってのけ、紹運は両手を後ろに回し、床につけた。胡坐に組んでいた両足を投げ出すと、頭が自然と天井に向く。独白のようにつぶやき続ける主を一人にしておくこともできず、一人の男が紹運の脇に座った。本丸の虎口を守る萩尾麟可である。四十にひとつ足りぬ紹運と歳が近い。福田民部などもそうである。

「黒田官兵衛といえば、秀吉の戦においてなくてはならぬ男であるそうだな」

「噂は聞いております。信長公に謀反を企てた荒木村重に捕えられ、一年あまり岩牢に捕えられ、片方の足が利かぬらしいですな」

「道雪殿を思いだすわ」

天井を見つめながら紹運が懐かしい目をした。立花道雪と紹運は、大友家の筑前支配の要（かなめ）としてともに戦った仲である。

道雪は幼い頃、雷に打たれ片方の足が利かなくなったという。そのため、戦場ではつねに十六人の若者に輿（こし）を担がせ、左右に百余りの選び抜いた猛者（もさ）を従え差配をした。従者たちが気後れした時など、輿を敵陣に担ぎ入れて投げ捨てて逃げろと味方を叱咤（しった）し、士気を上げた。大友宗麟にも絶大な信頼を寄せられた猛将である。紹運とは親と子ほども歳が違うが、妙に気が合った。ともに筑前の地の守りを任されたこともあり、結束して外敵に当たることも多かったが、そういう立場上の繋がりというよりも、父と子、兄と弟のような関係であったように思う。その道雪から、統虎を貰い受けたいと言われた時は嬉しかった。長子である統虎を他家に渡す戸惑いなどより、道雪に己が子が見込まれたということを名誉に思ったものだ。それほど慕った道雪も、一年前に死んだ。竜造寺の諸城攻略のために各地を転戦、陣中で発病した末の死であった。そんなところも道雪らしいと思う。

「それにしても」

主が黙り込んだところを見計らって立ち上がろうとしていた麟可が、紹運のつぶやきを聞いて、ふたたび床板に尻をつけた。

「黒田殿も、この城を出ろなどと申すために、わざわざ使者を遣わすくらいなら、さっさと後詰を寄越してもらいたいものよ」

「左様でございますな」

愛想笑いを浮かべながら、麟可はそわそわしている。

「逆茂木も落とし穴も仕込みは終ったのだろ」

「終わりましてございます」

「石と木も運び終わっておろう」

「足の踏み場もございませぬ」

四王寺山は東西に長く、敵は麓から幾本も伸びる谷間を登って攻めなければならない。紹運は谷を薬研のように細く尖らせ、そこに逆茂木や落とし穴を配した。女子供は、岩屋城よりも山深くの要害である宝満山城に移し、千ほどの兵に守らせている。

「戦の用意は済んでおる。いまさら慌てることなどなかろう。ゆるりとしてゆけ、ゆるりとな」

碁の相手を留める老人のように紹運は言うと、突いていた手を床から離し、寝転がった。

「五月蠅いのうっ」

寝転がったまま叫ぶ。けたたましい蝉の声が、暑さをいっそう掻き立てていた。寝転がっているだけでも、全身に汗がにじんでくる。黒田の使者の手前、一応手甲と佩楯、脛当て程度は着けていたが、それすらも剝ぎ取りたい衝動に駆られている。

「秀吉の後詰は来ますかな」

麟可が気弱な声でつぶやいた。こちらはしっかりと具足を着けている。

「来る」

紹運は言いきってやった。気弱になった家臣が主に求めるのは、真摯な推論などではない。強い口調で言いきる前向きな言葉を聞きたいのだ。麟可は決して臆病な男ではなかった。だからこそ大手門を抜けてすぐの虎口という、城の要ともいえる場所を任せている。

人はどんな者でも、気弱になる時がある。家臣がこういう一面を見せてくれぬような主は駄目だ。心を寄せているから、麟可は配下の者たちや同輩には決して見せない顔を、紹運に見せた。

胡坐をかいた己の足首を、今にも泣きそうな顔で見つめながら、麟可が唇を震わせた。

「紹運殿はいつもそうじゃ」

「何が」

寝転がって天井を見つめたまま問う。長年この城で戦ってきた。毛利や竜造寺、そして島津。多くの敵との戦いのなか、二人は主従以上の心の繋がりを築いていた。無礼などという無粋なことを紹運は言わない。麟可も十分にそれを理解して、遠慮ない物言いをする。こういう家臣が紹運には数名いる。

「阿呆かと思うほどに前向きで、たまに、このお方は何も考えとらんのじゃないかと思う時がある」

「そうじゃ阿呆じゃ」

言って紹運は快活に笑った。すでに夕刻。島津の夜襲を警戒し、方々に篝火が焚かれる。松明が爆ぜる音を聞いていると、夜になってもいっこうに涼しくなかった。その上、蚊も多いから、毎夜腹だたしい。

「儂は小器用に立ち回れるような男ではない。だから、何も考えぬことにした。とにかく目の前の敵を突き破ること。それだけを考えていままで生きてきた」

紹運様らしい、と麟可がつぶやく。鼻で笑うのを答えにしてから、紹運は続けた。

「この城を出てどうなる。岩屋と宝満山を無傷で得た島津は、ますます調子に乗るぞ。戦は勢いじゃ。そんなことはお主も解っておろうが」

「ここで止める。散々に痛い目を見せる。それで島津を変えると」

「そうじゃ。七百六十三人しかおらぬこの城が、五万で落とせぬ。それが十日も続けば、奴らは疲れる。そうなれば、立花殿の三千のみで攻めても勝機は必ず見つかるはずじゃ」

「素直になれば宜しかろうに」

「なんのことじゃ」

麟可をにらむ。胡坐をかいた家臣の目が、にこやかに笑っていた。

「立花殿などと申されず、統虎と呼んでやれば良いものを。いまの言葉も、あの時、摂津守に聞かせてやれば良かったのじゃ」

「彼奴はちゃんとわかっておる」

「摂津守でござるか、それとも統虎殿でござるか」

「愚息よ」

言って紹運は麟可に背をむけた。そのままつぶやく。

「五万であろうと七百六十三であろうと、人は心で動くものよ。数の多寡など、些末なものじゃ。我が手勢と統虎の兵のみでも、島津には勝てる。他所者に九州のなにが解る」

「それを統虎殿がお聞きしたら、どれほど喜ばれることか」

「話せば、儂と替わるなどと訳の解らんことを言いだす。この城が落ちてから、奴は己の身の処し方を知れば良いのじゃ。この城を攻めた島津の兵どもは、かならず疲弊する。そうなればやることはひとつ。あの愚息にも解るはずじゃ。この城での戦が終わってからが奴の出番じゃというに、この城で戦いたいと志願した者を二十人も寄越しおった」

黙って聞いていた麟可が深く息を吸った。

「よしっ」

麟可が膝を叩きながら立ちあがった。紹運は身体を起こして胡坐をかく。

「気が晴れ申した。紹運殿のような愚将の下で潰えるのも悪うはない」

「誰が愚将じゃ」

「さて」

「此奴」

二人同時に笑った。

「では、皆が待っておる故、持ち場に戻りまする」

「精々、頑張って来い。まぁ、島津の田舎者に夜襲などという器用なことができるとは思わんがな」

「各所の備えは厳しく命じておられるくせに」

「当たり前じゃ」

去ってゆく麟可のむこうに見える山の稜線に、紅が没してゆく。

島津は僧を遣わしてきた。

「無益な殺生(せっしょう)は止めて、門を開きなされ」

「生憎(あいにく)、儂は南の言葉が解らぬ。それ故、御坊が何を仰っておるのか、皆目見当も付き申さぬ」

大手門脇の櫓(やぐら)から、門前に立つ僧を見下ろし、紹運は言い放った。すると、周囲の塀や屋根に上って聞いていた家臣たちが、どっと笑う。島津の軍僧はかぶっていた笠をわずかにずらして、紹運を見上げた。腕を組んだまま微笑を浮かべ、紹運は微動だにしない。

「大人しく島津の軍門に降られた方が、御身の為にござるぞ。すでにこの山は五万もの兵に囲まれておりまする。鼠(ねずみ)一匹這(は)い出る隙間もござらんぞ」

「島津の田舎者は、包囲した城から鼠が逃げ出すことすら見逃さぬか。それは面倒なことよ。小さな物に気をやっておると、肝心な物を見落としてしまいまするぞ。戻って、敵の大将の……。ええ、何という名でありましたかの」

「島津忠長殿にござる」

苛立ちを露わにして軍僧が叫ぶ。紹運はとぼけたふりで大きく手を打った。

「そうそう、その忠長殿にもうひとつ」

紹運の緩んだ目が引き締まる。

「この城が欲しくば力で奪われるが宜しかろう。この高橋紹運、逃げも隠れもせず、存分の馳走をもってお迎えいたそう。となﾟ」

「宜しいのですな。島津の兵は精強にござるぞ。刃向えば、どうなるか」

「これ以上の問答は無用っ。さっさと山を降りられよっ。伝令大儀っ」

なおも何かを言い募ろうとする僧に背を見せ、紹運は櫓を降りた。

＊

「始まりましてございます」

摂津守の重々しい声を、統虎は自室で聞いた。互いに甲冑を着けたまま、主従が見つめ合う。

「して父上は」

「奮戦目覚ましく、次々と新手を繰り出す島津の兵をまったく城に寄せ付けぬまま、すでに五日ほど」

「さすがじゃな」

統虎は拳で顎を打つ。適度な振動を頭に与えることで、考えをまとめてゆく。

「後詰を出すか」

「紹運様は恐らく」

「望んではおらぬな」

解っている。が、口にしてみることで、考えはより鮮明になってゆく。

父のように思いついたら一直線に進むということができない。熟慮に熟慮を重ねた末に導き出した最前の方策こそが、統虎が唯一信じられる結論だった。動物じみた勘を信じ、始めに至った結論を補強するために、さまざまな思考を重ねる。それが父だ。己とはまったく逆の考え方である。思えば、義父道雪も父のような考え方をしていた。二人は大友家中屈指の戦上手として名を馳せていた。千変万化する戦場では、熟慮よりも勘のほうが重要なのかもしれない。たしかに考える暇すらなく、瞬時に答えを求められる局面が、戦には多い。統虎のようにぐじぐじと考えていたら、その間に味方は総崩れということもある。

「黒田殿に援軍の催促をするか」

「すでに援軍は九州に向かっております。いまさら急(せ)かしたところで」

「詮無(せんな)きことじゃな」

顎を打つ手にいっそう力がこもる。この期に及んで、みずからできることが何ひとつないという現実が、統虎を焦らせる。

「この城に留まるしかないのか」

「今は岩屋の動向を見守るしかありますまい」

統虎が率いる兵は三千あまり。五万を襲ったところで、戦局が覆せるはずもなかった。大軍に呑み込まれ、父とともに死するのみである。

岩屋城で死ぬまで戦いたいと願う者を二十人ほど送った。父は彼らを追い返すことなく、城に入れたようである。その程度しかできない己が不甲斐なかった。

「儂にやれることはないのか摂津よ」

「ここは耐えるのです」

「父を……」

統虎は口籠った。摂津守は口を真一文字に結んだまま、深くうなずいた。

*

「おぉ、おぉ、島津の男どもは面白いように転がるのぉ」

斜面を転がる大木に身体を打ち付けられて、島津の兵たちが落ちて行く。それを、紹運は城内で一番高い櫓の上から眺めている。

敵が攻め込んでから七日あまりが経過した。いまだ味方の士気は高い。

山上の城を目ざし、逆茂木や落とし穴が仕掛けられた谷間を登ってくる兵たちは、存分に用意した大木と岩石を頭上に容赦なく受け、坂を転げ落ちてゆく。それでも執拗に城郭まで攻め寄せた者たちには、立花の決死兵を加えた七百八十三人分の糞尿と、鉄の玉、鏃の雨が待っている。そこに大手門を守る福田民部が率いる城兵たちが討って出て、弱った敵を散々に斬り伏せてゆくからたまったものではない。

「困ったのぉ」

ともに櫓に立つ若衆に紹運は語る。その目は、愚直に斜面を登る敵にむけられたままだ。

「山を登らねばならぬから重き鎧は着けられぬ。しかしこちらの攻めは容赦ない。島津の大将。ええとなんであったか」

「忠長」

「そうそう、忠長殿も難儀なされておることじゃろうの」

嬉々として語る紹運に、若衆は苦笑いである。眼下では殺し合いが続いているのだ。それをまるで相撲を見てでもいるかのように楽しんでいる。紹運のような心境には、若衆はとてもなれないようだった。

だが、戦など酔狂でなければやってられない。人を殺し奪うなど、正気の沙汰ではない。それでも人は争う。勝てば敗者の守ってきた全てを蹂躙しつくすのが戦である。そうやって紹運の主家である大友家も、一時はこの島の半分以上を手に入れたし、いまは島津が九州全域を支配しようとしている。酔狂な場において正気を保っていられるほど、紹運の心はまだ乾いていない。だから笑う。笑い、楽しむ。そうして心を正気の外に追いやって、己を保つのだ。道雪にもそういうところがあったと思う。

が、統虎は違う。あの息子は戦場でも正気でいられる。心が乾いているわけではない。紹運や道雪などよりも強いのだ。器が大きく、誰よりも強い。そのうえ真っ直ぐだ。あの息子ならば、どんな苛烈な戦場でも己を見失わず、じっくりと答えを見つけられる。だから紹運は統虎に懸けた。己が捨て駒になることで、統虎に機を与えることに決めたのである。

「おぉ、また転がってゆくぞ。何人死んだかのぉ。なぁ、あれを見よっ、首が折れておるぞ。可哀そうに」

先刻の笑みのまま固まった若衆の口から、甲高い笑い声が聞こえる。なんだか紹運のほうがいたたまれなくなってきた。そんなことを思っていると、櫓の下から呼ぶ声が聞こえた。手摺りに手をかけ身を乗りだすと、漆黒の具足に身を包んだ民部が手を振っていた。

「たまには打って出ませぬか」

「行くっ」

遊びに誘われた童のように、紹運は櫓を滑るようにして降りた。

戦場で槍を振るい敵を屠ることが、果たして将として本当に必要なことなのか。いらぬと思う。正しい道さえ示してやれば、後は兵がやってくれる。それでもこうして敵の只中にいると、満足している自分がいる。大木や岩石、糞尿、矢玉を掻い潜り、なんとか尾根伝いに城まで攻め寄せた敵を、紹運は薙ぎ倒してゆく。敵も味方も徒歩である。こちらは甲冑を着込み、敵は身軽な姿という差はあるが、地に足を付けて戦っているという意味では同じだ。相手はここまで来る間に、多くの修羅場を潜り抜けてきている。城の側まで登ってきたことが奇跡に近いが、すでに疲労困憊である。

「あまり突出なされまするなっ」

民部の声を背に聞く。が、素直に聞いてやるつもりはない。迫りくる敵を一直線に掻き分け、勢いに敗けた者らを斜面から転がり落とす。そうやって紹運がばらした敵を、後ろの民部たちが刈ってゆく。せっかく城を出て戦っているのだ。こんな機会はめったにない。後悔だけはしたくなかった。

容赦ない攻撃の最中、よくも槍を手放すことなく急峻な斜面を登ってきたものだ。敵でありながら薩摩の兵たちの精強さに感心する。しかしさすがに突き出す槍には力がない。

「我は高橋紹運じゃっ。お主らが目指しておる首はここにあるぞっ」

敵を奮い立たせるためにみずから名乗った。

「お止めくだされ」

「五月蠅いっ」

民部の悲痛な叫びに笑いながら答え、紹運は槍を突き出した。胴丸すら着けずにいる敵は、穂先を受けることもできずに、鳩尾(みぞおち)にふかぶかと槍を呑んだ。柄を引き、穂先を腹から抜こうとする紹運の顔を、槍が掠(かす)めた。あまりにぬるい突きであったから、頭を傾けるだけで避けた。

「つまらんのぉ」

引き抜いた槍を横に薙ぐ。紹運の顔を貫かんとした足軽の首から血飛沫(ちしぶき)が上がる。敵の動きが面白いほどに良く見えた。死地に至って昂(たか)ぶっているからではない。敵自体が疲れきって、動きが散漫なだけである。

「これではどちらが籠城しておるか解らん」

疲弊しきって泣き笑いのまま顔を固まらせた目の前の敵を、蹴り飛ばして山から落とす。身体を丸めながら、悲鳴すら上げず、敵は真っ逆さまに敵の群れのなかに消えた。

「新手が来ますぞ。そろそろ」

民部の声を受け、紹運は背後に目をやった。すでに味方が城へと後退をはじめている。敵は五万もの大軍だ。次から次へと新手を繰り出して来る。どれだけ潰せど転がせど、飽きることなく四王寺山を登ってくるのだ。紹運が幾人屠ろうと、痛くも痒(かゆ)くもないのである。

そう考えると、余計に攻めたくなった。敵陣深く攻め入り、高橋紹運ここにありと、五万人に示してやりたい。この男はどこまでもやる。戦いたくない。そう思わせてやりたかった。

「紹運様っ」

民部の声に殺気が宿る。

一人、味方から離れて戦っているのは解っていた。眼前の敵を斬っては蹴り飛ばし、払っては進んでゆく。ここに置いて行け、と喉の奥まで出かかって止めた。己は総大将なのだ。ここで死ねば、すべてが終わり。城に籠る七百八十三人の命も、立花山城で好機の到来を待ち続けている息子も、島津という荒波に呑まれて何もかもが水泡に帰す。もはや主家などどうでも良かった。すでに朽ちかけている大友家は、紹運がここでいくら頑張ってみたところで、衰亡の坂を転がり続けることだろう。秀吉の助けを借りたところで、あの親子では今後満足な立場など得られまい。

高橋紹運という名を、この地で天下に知らしめる。猛将立花道雪と、岩屋城の高橋紹運の息子。統虎がそれだけで一目置かれるような、そんな父親になりたかった。良き働き場所を与えてもらえれば、あの息子ならやれる。主家など飛び越え、秀吉の元で飛躍することもできるはずだ。その足掛かりに己がなる。

父は息子の踏み台となるものだ。

「紹運様っ」

民部の声が近い。背になにかが触れた。民部の拳だ。

「そろそろ退きまするぞっ」

「もう少し」

答えながら紹運は周囲の敵を槍で払う。風を切る音が宙で鳴った。顔をむける。矢だ。一本ではない。無数の矢が降って来る。

「紹運様を守れっ」

民部とともに押し出していた者たちが、いっせいに紹運を取り囲んだ。頭から覆い被さるようにして民部が伏せる。民部の身体に抑えつけられ、矢を受けた。柔らかいものに矢が刺さる音が、幾度も聞こえる。

「民部っ」

「大事ありません」

声はいつものままだ。拘束が解かれる。民部の上にも味方が乗っていたらしい。数人が矢を受けのたうち回っている。昂ぶる気持ちが、己を守り倒れた味方の姿を見て、一気に萎(な)えた。

「行きまするぞっ」

首根っこを民部がつかんで引っ張る。

「済まぬ」

立てぬ者は、そのまま放って味方が走る。紹運を中心に大手門まで駆けた。すかさず門が開く。紹運を引っ張りながら民部が城内に転がり込む。味方を入れるとすぐに分厚い門扉が閉じられた。数人の敵が門の前まで押し寄せたようだが、櫓や屋根の上から矢で射られ、すぐに静かになる。

大手門を抜けてすぐの虎口の石段に座り、紹運は肩で息をした。はげしく上下する両肩を、民部の左右の掌が挟み込んだ。

「まだまだこれからですぞ」

目に涙をためて、重臣が重い声を吐いた。

「解っておる」

それだけ答え、紹運は顔を伏せた。

＊

「統虎殿」

闇に一条の光が射し、その向こうから名を呼ばれた統虎は、薄く目を開けた。妻の誾千代の涼やかな声である。背後に聞こえる足音に衣擦れの音はない。その代わりのように、足を動かす度に草摺の小札が触れる音を鳴らしていた。いつ攻めて来てもおかしくない敵を前に、女だてらに鎧を着こんでいるところなど、やはり道雪の娘である。統虎は手にした数珠を握り締めて、一度じゃらと鳴らしてから、釈迦如来に背を向け妻と正対した。

「神頼みですか」

「仏だ」

「どちらも同じようなものです」

気丈な妻は、神仏の加護など必要としない。道雪は、この娘の気性を好み、幼いうちに立花山の城督の座を譲っていた。統虎が婿に入った時、城の主はこの誾千代だったのである。今でもどちらが主なのか、夫である統虎ですら良く解らないことがある。それほど、この城での誾千代への信望は篤い。

「秀吉殿から鉄砲が送られてくると聞きました」

「うむ」

援軍より先に、まずは物資が届くという報せが入った。

「後詰の方は」

「黒田官兵衛殿、毛利輝元殿、小早川隆景殿らはじきに豊前に。四国より仙石秀久殿、長宗我部元親殿らが豊後にむかっておる」

闇千代の問いに淡々と答えた。立ったままの妻を、統虎は見上げるような格好である。人払いをした仏間には、夫婦以外の人影はない。

「間に合いますか」

妻の抑揚のない口調からは、感情が読み取りづらい。それでも統虎は、些細な声の高低や語り口の速度から想いを計ることができた。いまの言葉から感じられるのは、不安と悲しみである。それは義父である紹運にむけられたものだ。

「まず無理であろうな」

「そうですか」

闇千代のつるりとした額に、統虎にしかわからぬ小さな皺が寄った。

「敵が岩屋を攻め始めてすでに八日あまり。あの紹運殿であろうと、そろそろ限界は近かろう。秀吉殿の後詰が揃うまで、少なくともあとひと月は……」

「なんとかならぬのですか」

「したいのは山々じゃ」

これまでの苦悩を声にして吐くと、誾千代は答える言葉を見失ったように口籠った。誰よりも父のことを助けたいと思っているのは、統虎自身である。誾千代は己の無遠慮な言葉を悔いているようだった。辛そうに目を細める妻に、統虎は笑いかける。

「父が望んだことじゃ。儂がなにを言っても無駄だった」

「お父上は」

「死ぬ気じゃ」

誾千代の整った鼻から、深い息が漏れた。

「儂はもう心を決めた」

「統虎殿」

「父は何故己が身を犠牲にしておるのかを、ようよう考えた。儂は大友家を見限り、秀吉に従う」

岩屋から出ぬという父の答えを聞いてから、寝ずに考えた末の結論だった。父は己に何を望んでいるのか。五万の島津の猛攻を一時凌ぐなどという些末なことではないはずだ。これより先の九州は、如何なることになるのか。海の外から巨大な力を呼び寄せたのは、統虎の主家である大友家だ。その時点ですでに大友家は秀吉の臣下同然の立場となった。島津も恐らく、秀吉には敵うまい。九州は秀吉に平らげられるだろう。ならば、己は秀吉につく。秀吉の部将として働き、そして主家を凌ぐ力を手に入れてみせる。道雪、紹運という二人の父が望むのは、大友家に縛られた己ではない。立花統虎という大名である。

「そうでありましょう父上」

誾千代は何も言わず、夫を見つめていた。

＊

各々の持ち場を懸命に守る兵たちのなかに、怪我（けが）をしている者が目立つようになった。身体が動かぬほどの手傷でなければ、皆みずから持ち場についている。紹運が命じた訳ではない。戦が始まってすでに十二日が過ぎた。それでも城内の熱は衰えていない。

嫌になるほど大きな夏の陽が、ゆっくりと西に傾いてゆく。眺めの良い城の高台から、紹運はそれを眺めていた。

「眩しいのぉ」

つぶやくと、隣に立つ麟可が笑う。

「そのように直に見られておっては、眩しいに決まっておりましょう。目をやられまするぞ」

「うむ。さっきから目をつぶっても、緑色の丸が焼き付いて離れん」

「お止めなされませ」

「うむ」

「言いながら、また見ておられる」

どちらからともなく笑いだした。戦に備え、十分な量の兵糧を運び入れている。十日ほどの戦で無くなりはしない。腹は満たされている。

「静かじゃのう」

「はい」

攻撃が始まってから休むことなく鳴っていた城外からの喚声が、昼頃から止んだ。久方振りの静寂に、蟬たちが勢いを取り戻していた。暑さにたまりかね、紹運は麟可を誘い、高台に来たのである。

「戦をしておるとは思えぬの」

「いや、思えまする」

言いながら麟可が小さく飛んで、己の鎧を鳴らした。

「無粋(ぶすい)な奴じゃの。こういう時は主に素直に従っておくものじゃ」

「生来の武骨者故、ご容赦を」

「いや、儂も言いながら、そんなことはないわいと、自分で思うておった」

「だと思っておりました。紹運様が無粋などという言葉を知っておったことに驚いておりまする」

「言わせておけば」

拳で麟可の胴を小突く。小さな呼気を吐き、生意気な家臣はもう一度城外へと目をやった。

「そろそろですかな」

「そうじゃな」

短い言葉を交わして黙る。この静寂の意味を、二人とも理解していた。

明日、敵は総力をあげて攻めてくる。そのための休息を、兵たちに取らせているのだ。

「今夜あたり、山を降りて奇襲をかけてみまするか」

「これまでの戦で、儂らの怖さは骨身に染みておるはずじゃ。敵に油断は無かろう。山を降りれば囲まれて終わりじゃ。ああしておっても島津の兵はなかなかにやる。あの愚直な攻めは、儂には真似できぬ」

「いささか張り切り過ぎましたかな」

「散々泣かしてやったからのぉ」

敵の死者は数千に達しているはずである。

「猿がもたもたしておるから、いかんのじゃ」

「宝満山には使者を送っただろうな」

「その通り」

麟可がうなずき、言葉を接ぐ。

「こちらの城が落ちたなら、すぐに開城せよ。紹運様のお言葉はしっかり伝えておりまする」

宝満山には妻と息子が入っている。統虎の弟だ。肥前勝尾(かつお)城の筑紫(ちくし)広門(ひろかど)の手勢が守ってくれている。

「敵は略奪に走りますかな」

「皆、無事であってくれれば良いが」

宝満山城が開城する時、紹運はもうこの世にはいないのだ。

「己が身を思い返してみると、戦のことしか残っておりませぬ」

麟可が笑う。

耳川で主が島津に敗れ、竜造寺が勢いを増し、その竜造寺も沖田畷で死した。大友の本拠から離れた筑前の地で、道雪とともに戦い続けた日々であった。大友の灯を絶やしてはならぬ。その一心で、紹運はこれまで生き抜いてきた。

「悔いはない」

おもわず口からこぼれた言葉に、麟可が力強くうなずいた。

「それにしても先刻の紹運殿の言葉は良かった」

「なんじゃ」

問い返すと麟可は、肩をいからして眉を吊り上げた。どうやら紹運の真似をしているらしい。

「主家盛んなる時は忠節を励む者は多いが、主家衰えたる時にこそ忠節を尽くすのが真の武士であろう。貴殿たちも島津衰亡の時になって主を捨てんとされるや。武士たる者、節義を守らぬは禽獣と何ら変わるところなしっ。と、言いきられた時には、さすがの島津の使者も口をあんぐりと開けて言葉を失っており申した」

夜中から続いた激しい戦で、早朝には城の外郭に築かれた陣のことごとくを破却された。しかし、それでも本丸に籠った兵たちは懸命に戦い、迫りくる敵を散々に討ち負かした。あまりの犠牲の多さに恐れをなしたのか、敵は使者を遣わし、島津に降れば皆の命を保証すると和議を申し出てきたのである。麟可は、その時の紹運を真似たのだ。

「あれで皆の腹は固まり申した」

「なんじゃ、まだ逃げようと思うておったのか」

「い、いや、元より死は覚悟の上」

「冗談じゃ」

勇猛な家臣は照れくさそうに頬をかいた。

「朝には来るぞ」

「存分に戦いまする」

「頼んだぞ」

うなずいた麟可の目に、涙がにじんでいた。

夜明け前から続いた敵の猛攻は、四刻もの長きにわたり、それでもなお勢いは弱まらなかった。この一戦で勝敗を決するという島津勢の意気込みが伝わってくる。抵抗につぐ抵抗で、紹運も迎え撃つ。間断なく大岩や大木を落とし、矢玉が尽きるまで敵を射続けた。しかし数の多寡はやはりどうすることもできない。敵が犠牲を恐れずに攻めかかってきては、勢いを奪われるのは無理もなかった。

「大手門内に敵が侵入っ」

伝令の声を、紹運は本丸奥の広間で聞いた。汗と血と泥に塗(まみ)れた伝令の顔は、外で繰り広げられている戦闘の激しさを無言のうちに物語っていた。いつの間にか蟬の声は止み、代わりに敵と味方があげる怒号が方々から聞こえている。殺気の奔流(ほんりゅう)が間近にまで迫っているのが、びりびりと肌に伝わってくる。

「民部は」

解っているが問うた。

「福田様はじめ、大手門を守っていた者は皆」

そこで伝令は口籠った。

「解った」

昂ぶる感情を押し殺しているのか、若い伝令は眉根に深い縦皺を刻んだまま、紹運に一礼して飛び出していった。

「我等も参りまする」

民部に語りかける。左右に侍る家臣達が、意を決したようにうなずきあった。

止める理由はない。紹運は黙ってうなずいた。家臣達がいっせいに広間を出てゆく。

一人静かに男達の喚声を聞く。

大広間を抜ければ次は虎口である。守るのは萩尾麟可とその息子、大学だ。百人あまりの兵では、愚直に押してくる島津の兵を止めることはできない。麟可も直に逝く。

手首にあった数珠を手に取り、瞑目し、経を唱える。覚えてしまっているから、考えずとも口から自然と溢れ出す。心に描いていたのは、己もすぐに逝くから待っていろという一念である。

忙しない足音が近づいて来た。

「虎口を破られ、敵が本丸内に進入いたしました」

目を開き、立ちあがった。

「行くぞ」

　片膝立ちで控えていた家臣が、顎を激しく上下させると、紹運の前に立って駆けだした。若い家臣を追うようにして、紹運も廊下を走る。本丸屋敷を抜けると、近習が大薙刀（おおなぎなた）を手に控えていた。それを乱暴に受け取り、そのまま敵の気配のほうへと足をむける。

　乾いた音が頭の上で鳴った。矢の飛来を悟った時、紹運の目を黒い幕が覆った。己の髪だ。髻（もとどり）が切れた。兜さえ着けていなかったことに、今更ながら気付く。

「不要じゃ」

　命を守る算段など、もはや無用だ。

　本丸屋敷へと至る石段の中程で、敵と味方が戦っていた。どちらも死にもの狂いである。これまで見てきたどの戦場よりも、男たちの顔から人の持ち得るべき感情が消え果てていた。弛緩（しかん）している訳ではない。殺意という一点のみに収斂（しゅうれん）され、眼前の獲物を仕留めんとする獣のごとき形相（ぎょうそう）となっている。まさしくそこは修羅の天地であった。

「高橋紹運っ、ここにありじゃっ」

　叫んで石段を蹴った。獣の巷（ちまた）にあって、紹運は笑う。悪鬼羅刹（らせつ）どものなか、ただ一人、人でありたかった。

人として悪鬼を討つ。

群がる敵は紹運の到来に気付いていない。とにかく目の前のものを倒すことに躍起(やっき)になっている。味方もそうだ。紹運がいようといまいと関係ない。もはや将と兵という差すらここにはなかった。

どこを突いているのかさえ解らない無数の穂先が、迫ってくる。己に当たるものを即座に見極め、正確に払ってゆく。眼前の喉を斬り裂いた。払った時には、味方を襲おうとしている敵の首根っ子を、柄から離した左手で握り潰す。喉仏を潰され、ぎゅっと短い悲鳴を上げた敵が倒れる。その時には、新たな敵の頬を、撥(は)ね上げた石突(いしづき)で砕(くだ)いていた。

齢(よわい)三十九。まだ老いたなどと口にする年ではない。身体が続くかぎり、大薙刀を振るう。目の前の敵を一人でも多く道連れにすることだけが、いまの紹運にできる全てだった。

矢が降って来る。一番近くに立っていた敵の首を刎ね、それを盾にして防ぐ。紹運が奮戦することで、味方も力を得る。本丸へと迫ろうとする圧が弱まってゆくのを感じた。じりじりと敵が後退してゆく。

「押せっ、殺せっ、進み続けよっ」

喉が割れんばかりに叫ぶ。

石段を駆け降りる勢いを借り、味方が敵を押してゆく。虎口の側の広場まで出た時、ふたたび敵が盛り返した。大手門より攻め寄せた新手の所為である。

「臆するなっ、元より我等は死兵ぞっ。もはや恐れるものは何ひとつ無しっ」

紹運の声に、無数の雄叫びが返す。誰も死など恐れてはいなかった。良き家臣たちに恵まれたと、死地にあってなお紹運は縁に感謝する。彼らのおかげでここまで来られた。大友家に道雪と紹運あり。憧れた男と同列で称されるほどになったのも、己とともに喜んで死地に飛びこむ、家臣たちがいてくれたからこそである。五万の大軍を迎え、死に臨む籠城を決めた時、誰一人去る者はいなかった。主と生死をともにする。そんな家臣たちの覚悟があったからこそ、紹運も迷わずに戦えた。皆の心が力になる。大薙刀を振るう腕が、より一層冴えわたった。

疲れは不思議と感じない。本丸を飛び出して、一心不乱に四半刻は戦っている。普通ならばとうに息が上がっているはずだ。それでも紹運の刃は留まる所を知らず、今も眼前の敵の首を淀みない太刀筋で刎ね飛ばしている。

広場は敵味方の屍で溢れていた。紹運の側で戦っている家臣たちは、すでに百に満たない。倍以上もいる敵が、それでも攻めあぐねている。

敵にとっては勝ちの見えた戦だ。覚悟はしていても、生への執着が死への一歩を踏み止まらせる。その一歩の差が、彼我の優劣を決めていた。百人足らずの味方は、とっくに生を捨てている。島津の兵が踏み込めない間合いへと、平然と踏み込む。

これだから戦は面白い。けっきょく優劣は気迫が決める。男としてどれだけ苛烈な生を全う(まっと)できるか。それこそが、修羅の天地でただひとつ問われるものだ。

紹運の大薙刀は止まらない。たとえ首を落とされようと、身体が動く限り戦い続ける。首だけにされても顎がある。牙(きば)がある。大昔の将門(まさかど)のごとく、首になっても宙を舞い、相手の喉元に喰らいつくのみだ。

散々に斬られている。疲れ同様、痛みは無かった。苦しいという想いが、心から消え去っている。

銃声が鳴った。虎口の方に敵が並んで火縄銃を構えている。紹運の目が、次の弾を籠めようとしている敵を見た。主の意を悟った家臣達が、駆ける主に続く。いっせいに襲い掛かる。大薙刀が銃身を真っ二つに斬り裂く。なんとか弾を籠め終えた者も、狙いを定められずに天を撃ち、そのまま斬り伏せられた。

「退けぇっ、ひとまず退くのじゃ」

敵大将らしき男が、虎口の奥の方で叫ぶ。麟可たちの屍を踏みしめながら、敵が虎口に満ちていた。

「退け下郎どもっ」

紹運は虎口に飛び出した。恐れる敵が我先にと逃げてゆく。散々に敵の背を斬り裂く。いくら後ろから斬り伏せても、一度退却を命じられた敵は逃げるのを止めない。広場はおろか虎口や大手門付近からも、敵の姿が消えてゆく。

虎口の中央に立ち、紹運はひと息吐いた。

「戻るぞ」


甲冑を脱ぎ、高楼に昇り、眼下に広がる四王寺山と太宰府を見ている。

本丸に戻った味方は五十に満たなかった。敵の攻撃は止み、静寂が戻っている。生き残った者たちにはすでに礼を述べた。高楼にはただ一人。皆は、紹運がこれから為すことを知っている。誰一人、登ってこようとする者はいない。

鼻から思いきり息を吸う。淡く焦げた匂いのする夏の風が、紹運の身に染みこんでゆく。存分に戦った。存分に戦ってくれた。

「儂は果報者じゃ」

静かに座る。衣の襟を探り、腹を露わにした。引き締まった腹の肉を一度擦り、短刀を手にする。切っ先を左の脇腹に付けた。

「後は頼んだぞ」

事切れる時まで頭にあったのは、息子の気難しそうな顔であった。

*

「そちが立花統虎か」

老いて枯れているくせにどこか瑞々(みずみず)しさを感じる声を、統虎は平伏したまま聞いた。

「面(おもて)を上げよ」

先刻の声は真正面から、今回の重い声は左の方から聞こえた。頭を上げた統虎が見たのは、正面に座る猿のような顔をした男である。

「秀吉じゃ」

猿顔の男はみずから名乗った。その脇に控える、先刻重い声を放った男は黒田官兵衛である。

「其方の働きは聞いておる」

柔和な笑みを口許にたゆたわせ、秀吉が言う。統虎は口を堅く結び、上座をじっと見つめていた。

「立花山城を包囲されながらも、頑として譲らず、我等の到来を待ち続け……」

岩屋城を落とした島津はすぐに宝満山城を開城させた。そして統虎の弟である統増を人質とし、立花山城の開城を迫った。籠城か開城かと家臣たちが侃々諤々の議論をするなか、統虎は絶対に城は渡さぬと皆に宣言したのである。城を明け渡し、島津の軍門に降る訳にはいかなかった。降るつもりなど最初からなかったのだが。

「我等の到来を知るや兵を退き始めた島津の後背を攻め、散々に討ち負かし、そのまま高鳥居城を落とし、さらに奪われた宝満山、岩屋両城をも奪回したというではないか」

抜け目ない。さすがに百姓から関白にまで成り上がった男だ。馴染みのない九州の動向を、正確に把握していた。統虎は秀吉という男を品定めしている。己が道を預けるに足る男なのか。義父と父が一生を懸けて守ってきた大友家を離れてでも、仕えるべき男なのかと。

「其方の働き、見事である。まさに其方は九州之一物じゃ」

「過分なお言葉恐悦至極に存じまする」

深く頭を下げた。

「しかしじゃ」

秀吉の声を受け、ふたたび猿面を見た。

「生きておる者のなかで、という意味でじゃがな」

思わせぶりな言葉に、統虎は返す言葉がない。黙って続きを待つしかなかった。

「其方の実父、高橋紹運殿はわずか七百あまりの手勢にて、五万もの島津の兵を岩屋に十日以上釘づけにしたそうではないか。守兵ことごとく討ち取られ、紹運殿も腹を召されたとか」

統虎は小さくうなずいた。すると秀吉は上座を立って、統虎に歩み寄った。しゃがみ込み、顔を寄せ、掌を統虎の肩に置く。そして静かに語りはじめた。

「其方の父上のおかげで、島津の勢いを削ぐことができた。奴らに九州を纏め上げられておったなら、儂等はこうも易々とこの地に入ることはできなんだ。死地に留まり命をも投げ打つなど、生半な覚悟ではできぬものよ。高橋紹運。惜しい男を亡くした。できることなら、会って話をしてみたかった」

頰に熱い物を感じる。泣くという感情よりも先に、統虎の右の目尻から涙が一筋零れていた。

「そのお言葉、紹運殿に聞かせてやりとうござりました」

「お主が遣わした使者に、紹運殿は文を渡したそうじゃな」

「はい」

「辞世が記されてあったと聞いたが、良ければ儂に聞かせてくれぬか」

秀吉の言葉が、統虎の胸に熱く流れ込んでくる。目を閉じ、父の辞世を口に乗せる。

「流れての末の世遠く埋れぬ名をや岩屋の苔の下水」

「良き辞世じゃ。武士たる者、かく生き、かく死にたいものじゃな」

秀吉の温かい言葉に触れ、統虎の心はすでに決まっていた。

二人の父も、きっと笑っているはずだ。

丸に十文字

他所人の戦だった。

これほどまでに寒々しい戦場を、島津惟新義弘は知らない。

総身に満ちていた憤怒は、東の空が白くなるころには消え失せていた。いまは言いようのない虚脱が義弘を支配している。

干戈を交える兵どもの猛々しい声も、虚ろが満ちる心には何一つ響かない。いつもなら嗅げばかならず心が荒ぶるはずの鼻を刺すような硝煙の臭いさえいまは煩わしいだけだった。

慶長五年九月十五日。美濃関ヶ原に義弘はいた。

手勢は千五百。相手は七万を超す大軍勢である。

勝負にならない。

いや……。

戦っているのは義弘ではなかった。

大坂城に籠る反家康の総大将、毛利輝元の名代、毛利秀元。五大老の最年少、宇喜多秀家。越前敦賀城主、大谷吉継。肥後宇土城主、小西行長。そして、彼らを統制している近江佐和山城主、石田三成。

仮初の同志たちだ。

手勢はおよそ八万。

七万対八万。数の上では当方が勝っている。

しかしそれは、あくまで数の上だ。

義弘は戦場を東に見る関ヶ原の西の端に位置する小池村に、千五百の同胞たちとともに布陣している。

義弘より北に一丁半ほどにある笹尾山には石田三成が布陣し、北に伸びる北国街道を守護する形を取っていた。小池村より南には小西行長、宇喜多秀家、大谷吉継とつづき、関ヶ原を東西に貫く中山道をふさぐように布陣している。

笹尾山の三成より南へ連なる諸隊、そして関ヶ原の南西に位置する松尾山に布陣する小早川秀秋の一万五千によって、徳川家康率いる七万は西進を阻まれるという形であった。

南北に広く布陣した諸隊は、それ自体が巨大な鶴翼（かくよく）の陣の体（てい）を成している。西に向かって進もうとしている家康たちを、その大きな翼で包みこむような恰好であった。

その上、家康たち七万の背後には、毛利秀元らの二万五千が布陣している。鶴の翼から逃れようとしても、二万五千の軍勢が退路を断っている。全軍が一糸乱れぬ動きをすれば、数の上でも布陣の上でも、我が方が負ける要素はなかった。小早川秀秋が松尾山に入った時点でこれだけの布陣を即座に考えついた三成は、やはり大した男ではある。

しかし、勝つのは難しいと義弘は思っていた。

傍観（ぼうかん）する軍勢があまりにも多い。

関ヶ原の地に最初の銃声が轟（とどろ）いてすでに二刻あまり。義弘の周囲では激しい戦が繰り広げられているが、わずかに目を遠方にやれば沈黙を保ちつづける軍勢がそこここに点在している。

関ヶ原の東の果てに位置する南宮（なんぐう）山に布陣する毛利秀元、安国寺恵瓊（あんこくじえけい）、吉川広家（きっかわひろいえ）、長曾我部盛親（ちょうそかべもりちか）らの二万五千あまり。そして関ヶ原の南西に位置する松尾山に布陣する小早川秀秋の一万五千と赤座直保（あかざなおやす）、小川祐忠（おがわすけただ）、朽木元綱（くつきもとつな）、脇坂安治（わきざかやすはる）ら合わせて四千あまり。

毛利方に与する四万四千もの将兵が、戦闘に加わっていないという有様だった。

人のことをとやかく言える立場にないと、義弘は自嘲する。かくいう己も、静観を決めこんでいる一人なのだ。

他者の思惑など知る由もない。

毛利や小早川が動かぬ理由など、考えたところで詮なきことだ。敵と内応しているのか、それとも急に怖じ気づいたのか。理由はどうあれ、四万を超す軍勢が動いていないのは事実である。

他所人の思惑はどうあれ、義弘が動かない理由ははっきりしていた。

己が戦ではない。

それだけである。

他所人の戦に賭ける命など持ちあわせていない。

だから動かない。

義弘にとっての戦とは激情である。軍功など二の次。

生死の別さえ、戦となれば思慮の埒外にある。狂おしいほどの激情が欲する敵でなければ、戦う気になどなれなかった。

その激情が冷めている。最早、この戦場に戦う理由などどこにもなかった。

理由なき戦場で同胞を失うなど、愚行以外の何物でもない。

会津百二十万石、上杉景勝と家康との間に起こった紛争に端を発した今回の戦乱。

義弘の兄であり島津家の当主でもある義久は、この乱に兵を出すのを拒んだ。

京大坂から遠く離れた九州の南端に位置する島津家にとって、中央の大名たちの相克など知ったことではなかった。国許にて動かず、じっと動静をうかがい、事収まった後で身の処し方を考えれば良い。それが兄の考えだった。

島津家の当主は兄の義久である。どれだけ秀吉の覚えが目出度く、中央で名が知られていようと、義弘は当主の弟という存在でしかない。薩摩一国の兵を動かすだけの力はなかった。

それでも義弘には、どうしても兵を出さなければならない理由があった。

上杉征伐のため伏見を出ることになった家康は、わざわざ義弘の元を訪れ頭を下げこう言った。

『もしこの家康が京大坂を留守にしている間に天下に弓引く謀反人現れし時は、そなたの武勇にて賊を成敗していただきたい』

家康は、義弘に負けず劣らず、幼少のみぎりから戦場を駆け巡ってきた歴戦の勇将である。

義弘にとって、秀吉が天下統一へと乗り出してゆく過程は、すでに戦乱ではないと思っていた。本当の戦乱とは、信長が上洛するよりも前、各地の群雄たちが相争っていた頃のことであった。

近頃の大名たちは若く、義弘の思う真の戦乱を知る者が少なくなってきている。その点、家康は戦乱を潜り抜けてきた生粋の武士であった。その家康たっての頼みで頭まで下げた。義弘は一も二もなく承服した。

老将の見こみどおり、家康が会津へ向かうとすぐに三成たちが兵を挙げた。会津の上杉は天下の賊にあらず。家康こそが天下を簒奪しようとする真の賊であるとの檄を諸大名に発し、三成たちは家康の京の本拠である伏見城を攻めた。

義弘には本国の兵を動員する権限がない。しかし家康との男と男の約束は、どうしても守らなければならない。意を決した義弘は、己に侍るわずかな手勢とともに宇喜多秀家らの手勢が押し掛けんとする伏見城へと駆けた。

それから二月あまり。

戦場は伏見から美濃、伊勢へと変じ、義弘の立場は反転した。

伏見へ向かう時に敵だと断じていた者たちはことごとく味方となり、男と男の約束を交わしたはずの家康は、敵となって目の前にある。

本国の薩摩で義弘の挙兵を聞き、戦う意志を持った者たちがいた。思い思いの得物を手にし、国を抜け、戦場を求めて走った。義弘が関ヶ原に陣を張ったのに、なんとか間に合ったという者まであった。

総勢千五百。

いま義弘とともにある者たちは、島津の戦、義弘の戦、己の戦を求めて集った兵であった。

傷付くことを厭(いと)うような者は誰一人いない決死の兵である。

無駄死はさせたくなかった。

家康との約束を守らんと立ち上がった頃の義弘の胸の裡(うち)には、たしかに激情の炎が燃え盛っていた。家康との男と男の誓いのために、死のうとさえ思っていた。

伏見城の守勢は、家康股肱(ここう)の将、鳥居元忠(とりいもとただ)率いる二千に満たない将兵である。一方、三成の檄によって集い、伏見に迫ろうとしているのは宇喜多秀家を筆頭にした四万もの大軍勢であった。

義弘が率いてきた千に届くかどうかという兵が入城したとしても、勝つ見こみなどない。

だからこそ面白い。

戦って戦って戦い抜いて、城を守りきる。頑強に守っていればそのうち東から反転してきた家康たちの軍勢が後詰に来るはずだ。それまで守り切れば良い。

義弘は勇躍し、伏見に駆けた。

が……。

拒まれた。

城将の鳥居元忠は、徳川家以外の将は誰一人城には入れぬと、義弘の申し入れを頑として聞かない。会津へと向かう前に家康から後事を託されたと、どれだけ義弘が訴えようと聞く耳を持たなかった。頑なな元忠の姿に、なかば諦めの境地で義弘は伏見を去ったのである。

死なんとさえ思っていただけに、心が急速に萎えて行くのを止められなかった。このまま兄の意向に沿うように、兵を引かんとさえ考えた。

しかし義弘は考える。一度振り上げた拳をそのまま下ろすなど、島津の兵にとってこれ以上の恥辱はない。そんな羽目になったのはいったい誰のせいか？

鳥居元忠か。

いや。

家康本人である。

会津へと赴く際、家康は伏見城に寄っている。その時、元忠に義弘のことを告げることはできたはずだ。それをしなかったということは、義弘が死を決意するほど重く考えていた約定は、家康にとっては口約束程度の軽いものだったのであろう。

義弘の男気に後ろ足で砂を掛けた家康の行為には、それなりの代償を払ってもらわなければなるまい。

義弘は振り上げた拳が向かう先を、東に向けた。

伏見城を攻め落とし勢いに乗る毛利輝元を総大将とする連合軍は、美濃、伊勢、北陸方面へと兵を展開してゆく。諸将のまとめ役である三成が美濃大垣城に入ったことを知った義弘は、これに接触。三成の要請で大垣城より東方に位置する美濃墨俣を確保した。

この地にて義弘はまたも心を萎えさせる事態に直面することになる。

輝元、三成らの挙兵を知った家康を旗頭とする諸将が東より反転し、美濃に集結。瞬く間に岐阜城を落とした徳川方諸将は、その勢いを駆って三成が拠る大垣城へと兵をすすめた。その数、四万。この時、美濃付近に展開していた毛利方の将兵は三成、小西行長らの一万あまり。劣勢に慄いた三成は、将兵たちの大垣城への撤退を進めた。

この時、西進する徳川方諸将らを牽制するように将兵を展開させていた義弘の甥、豊久が伝令の手違いで孤立してしまう。

三成は救援のための兵を出すことなく、さっさと大垣城へと籠ってしまった。豊久と島津の将兵たちは、なんとか自力で大垣城まで戻ってくるという始末であった。

この時、義弘が擁していた兵は、千をわずかに超すほど。寡兵である。

三成は軽んじた。

千ほどの兵に何ができる？

危うく甥を見殺しにされそうになった義弘の詰問を前に淡々と謝る三成の眼の奥には、蔑みの色がはっきりと滲んでいた。頭は良く回る。しかしあの男には肝心なものが見えていなかった。

義弘の心はなおも萎える。

関ヶ原に毛利方、徳川方双方の兵が集う前日。三成の腹心の島何某という将が、大垣城と徳川諸将が布陣する赤坂のほぼ中間に位置する杭瀬川で敵を散々に打ち負かすという武功を挙げた。義弘はこの勢いに乗じ、その日のうちに夜襲を仕掛けるようにと三成に迫った。しかし、三成は己が居城である近江佐和山城方面へ家康が進軍するという噂を信じ、兵を関ヶ原方面へとむけたのである。

義弘の策などまったく耳に入らぬといった体で、三成は諸将に頭ごなしに関ヶ原方面への進軍を告げると、さっさと大垣城を出た。取るものも取りあえずといった様子で城の広間を出てゆく諸将たちを見送ると、一人残った義弘は怒りをぶつけるように床板を殴った。

家康にも三成にも軽んじられ、そうまでして戦う意味がこの戦にあるのか？

義弘は完全に己の立つ瀬を見失っていた。

床を砕いた拳の痛みが治まって行くのに同調するようにして、義弘の身中にあった激情と怒りの念は、急速に冷えていった。激しく熱せられた鉄塊が芯まで冷えるとどれだけ激しく鎚で打っても砕けないように、義弘の心は完全に硬直してしまっている。

流れに身を任せるようにして関ヶ原の地に留まってはいるが、心は波風ひとつ立ちもしない。

他所人の戦だから仕様がなかった。

先備の方から軍馬が駆けてくるのを義弘は床几に座ったまま泰然と眺めた。

黒毛の駿馬に跨り、当世具足に身を包んだ荒武者である。

「伯父御殿っ」

甥の豊久が鞍から飛び降りながら叫んだ。

齢三十一。男として脂が乗りはじめた良い時期である。義弘を睨むようにして見つめる瞳は爛々と輝き、真一文字に結んだ口許には屈強な力が漲っていた。並の男ならひと睨みされただけで腰が砕けてしまうほどの轟々たる覇気が、甥の総身からはほとばしっている。

義弘の弟、家久の忘れ形見。家久は武勇智謀兼備の有能な士であった。義弘は弟の才能に幾度嫉妬したことか。豊久は父の才を十二分に受け継いでいる。朝鮮での戦の折は義弘とともに戦い、多くの首級を挙げた。

鬼島津……。義弘が諸大名からそう呼ばれる契機となった朝鮮での戦において、片腕として存分に働いてくれたのがこの豊久であった。いわば鬼島津という称号の半分は、豊久のものだと言っても過言ではない。

それほどまでに義弘は、この甥を心底認めている。

豊久は国許で義弘の決起を知ると、同じく伯父である義久の制止を聞かず、大坂へと駆けつけた。

『ともに死にもんそ』

そう言って快活な笑みを浮かべた豊久を前に、義弘は涙をこらえるのに必死だった。気持ち良いくらいに真っ直ぐなこの甥は、薩摩の男の典型である。

その豊久が焦れていた。

理由は解っている。しかし義弘は、何も言わずに言葉を待つ。不満を言葉にして吐き出すことで心が解きほぐれることもある。それを義弘は期待していた。

「もう戦は始まっちょっど伯父御」

実直で野太い真っ直ぐな声が、義弘の胸を押す。豊久は陣幕の張られた本陣を大股で歩きながら、黙ったまま床几に座る義弘の前に立った。

「こんまままなんもせんで帰るっちゅうこたなかでしょうな」

「さて……」

ため息混じりに義弘は答えた。否定も肯定もない曖昧な答えに、豊久の鼻が大きく膨れる。

「伯父御っ」

「そげん熱うなってん仕様がなか」

豊久の熱に応じるだけの気が義弘の言葉には籠っていない。失望が義弘の声から力を奪っている。己のこれほど頼りない姿を見るのは初めてであろうなどと、義弘は豊久の身になって考え自嘲(じちょう)気味に微笑した。その態度が、血気盛んな甥の怒りをますます焚(た)きつける。

「こげな大戦んなかで一歩も動かんかったっちなれば末代までの恥になりもんそ」

「薩摩んとって義のなか戦で同胞の命ば無駄んする方が末代までの恥じゃなかか」

「じゃったら伯父御はどげんしようち思うちょっとか聞かせてたもんせ」

答えることができない。

兄の制止を振り切ってまで己を慕ってしたがってきた将兵たちに、義弘は道を示してやることができなかった。

豊久の言うとおり、このまま座して戦の帰趨(きすう)を傍観していれば、どちらが勝とうと島津は腰抜けよ、腑抜けよと嘲られるのは間違いない。だからといっていまさら周囲の戦闘に加わり毛利方のために命を投げ出して戦おうという気もなかった。

つまり進退窮(きわ)まっている。刀を抜いたは良いが、むかう先を完全に見失っていた。

突然豊久が奇声を上げ、右の拳で天を突いた。誰にむけて良いのかわからぬ怒りが身中にくぐもり、行き場を失い暴発していた。

「先備の将が陣ば離れてどげんすっか」

言った義弘を豊久がきっと睨んだ。

「戦う敵のおらん陣に将は必要なかっど」

駄々っ子のように鼻の穴を膨らませ、豊久が無礼な物言いも構わず言った。

苦笑いを浮かべる義弘の目が、一点を凝視したまま動かなくなる。いきり立つ豊久の背後に、義弘は軍馬の影を見ていた。先陣の方から駆けてくる騎馬武者の背に、大一大万大吉(だいいちだいまんだいきち)の旗印が翻(ひるがえ)っていた。

石田三成の伝令だ。

「島津殿ぉっ」

騎乗したまま武者が叫ぶ。三成の伝令は馬から降りることなく島津の本陣を一気に駆け抜け、豊久と義弘の前で止まった。

「島津惟新入道義弘殿に我が主、石田治部少輔三成よりの伝言これありっ」

下馬せぬ伝令を、義弘は床几に座ったまま見上げている。その目に酷薄な光が閃(ひらめ)いていることに、伝令は気づいていない。

義弘の脇に立つ豊久は先刻までの行き場のない怒りを身中に宿したまま伝令を睨んでいる。具足に包まれた豊久の肩が小刻みに震えているのを、義弘は見逃さない。

伝令はみずからに課せられた使命をまっとうすることに必死で、二人の情動に心をくばる余裕はないようだった。二人を見下ろしたまま、義弘の言葉を待たずに口を開いた。

「我が方は黒田長政、細川忠興、加藤嘉明、田中吉政らに攻められ防戦を余儀なくされ候。惟新入道殿には速やかに兵を動かしたまい、攻め手の側面を崩していただきたいと、我が殿の仰せにござる」

義弘は返答に窮した。他所人の戦に兵を貸すつもりはないなどと素直に答える訳にはいかなかった。とりあえず何か言おうと力の抜けた唇を動かそうとしたとき、かたわらで鞘走る刃の音が聞こえた。

「馬上での物言い、無礼千万っ」

三成の伝令を怒鳴りつけると、豊久は抜き放った太刀を大上段に構えた。

戦場を往還する伝令は、家中でも武勇優れた者が選ばれる。

豊久の殺気をいち早く気取った伝令は、すぐに馬首をひるがえす。馬腹を蹴り駆け出すのと、豊久が右足を大きく踏みこみ、大上段から斬り伏せたのは、ほぼ同時であった。数瞬前まで馬の首があった虚空を、豊久の太刀が駆け抜けた時、すでに伝令は走り出していた。

「待たんかぁっ」

豊久の声に背中を押されるようにして、伝令が消えてゆく。逃げ去る騎馬武者が見えなくなるまで、豊久は眼光するどくその後ろ姿を睨んでいた。完全に馬影が消えてから、豊久は一度深く息を吸って、ゆっくりと太刀を納めた。

「あげん不作法な者ば差し向けてから……。あの茶坊主はまだ太閤殿下の威光ば笠に着るつもりか」

吐き捨てるように豊久が言った。

三成は幼少の頃、寺の小僧であった。秀吉が鷹狩の休息をその寺で取った際、茶を出したのが三成である。この時の茶が秀吉の目に留まり、近侍に取り立てられた。それ故、三成を快く思わない諸将たちの間では、茶坊主と蔑まれている。

豊久も三成を快く思っていない一人だ。

大垣城への退却の際に見殺しにされそうになった一件よりも、遺恨ははるかにさかのぼる。

義弘とともに豊久は朝鮮で戦った。その際、名護屋在陣の軍監の任にあったのが、三成である。朝鮮での戦は義弘にとっても、凄惨極まりないものであった。言葉も通じぬ敵を前に、兵糧さえ尽き、心をすり減らしながら戦った七年。その間、三成は幾度か朝鮮に渡ったとはいえ、大半は日本にあり、前線で戦う諸将の苦悩など知りはしない。

秀吉が死に朝鮮から戻った将兵たちに、三成は慰労の茶会を伏見で行うなどとのたまった。

蔚山(ウルサン)の地で大軍に包囲され、あわや壊滅という憂き目に遭遇した加藤清正(きよまさ)などは、この三成の安穏(あんのん)とした言葉に激昂(げっこう)し、其処許(そこもと)が茶を振る舞うと申すなら己は朝鮮で喰った冷え粥を馳走しようと怒鳴りつけて、席を立った。

朝鮮在陣の諸将と三成の間の溝は深まった。

そしてその溝が、この関ヶ原の戦場でも多大な影響を与えている。いま三成を躍起になって攻めているのは、いずれも朝鮮で激闘を繰り広げた者たちである。彼らは徳川家と豊臣(とよとみ)家の葛藤(かっとう)などよりも、三成憎しの感情が先にあった。

三成を討つ。

それは徳川に与(くみ)した諸将に流れるひとつの大きな力だった。

「伯父御」

思惟にふける義弘を豊久が揺り起す。義弘の脇侍のようにして立つ甥の目が、真っ直ぐに幔幕(まんまく)のむこうを見つめている。

豊久の視軸に合わせるようにして、義弘は前方へと目をむけた。

葦毛(あしげ)の馬に跨った鎧武者。

最初に義弘の目を奪ったのは男の兜である。額を覆う鉢金が眩しいほどの金色で、その背後に天高く突き出た二本の角もまた金色。兜に植え付けられた黒髪が、馬上で風になびいている。黒糸で威された当世具足の上に、真っ青な陣羽織を着こんだその姿は、誰あろう石田三成であった。

先刻、下馬の礼を失した伝令が立ち去ってから四半刻経ったかどうかという頃合いである。今度は大将みずから陣を抜け出し、義弘に会いにきた。

これはなかなかに困窮しておる……。

義弘は心中につぶやきながら、慌てて下乗する三成の姿を眺めていた。

兜の重さにいささか振りまわされるように頭を小さく揺らしながら、三成が義弘の前に立つ。どんな時でも己を崩さぬ男の目が、いささか動揺で浮わついていた。

豊久は憮然とした様子で、三成を睨んでいる。義弘はそんな甥を無視しつつ、茶坊主上がりの侍の青白い顔を端然と見つめた。

「先刻は失礼仕った」

いきなり三成が頭を下げた。

先刻の失礼とはいつのことだ？

大垣城への撤退の折、甥を見殺しにしようとした時のことか。

赤坂夜襲という策を黙殺した時のことか。

それとも先刻の伝令の不作法か。

問い詰めたくなる衝動を義弘は必死に抑えた。

言っても詮ないことである。

すでに三成の頭には、昨日までの無礼などないのであろう。いや、大垣城の撤退の件も赤坂夜襲の一件も、元より無礼と思っていないのだ。でなければ、これまで一顧だにすることもなかった義弘たちの前にみずから出向いて援軍を乞うような無様な真似はしないはずだ。

どの面下げて……。

言いたくなる。

が、黙っていた。

「我が方は開戦より敵の攻撃を受け続け、いささか困窮いたしており申す。島津殿のお力をお貸しいただけませぬか」

殊勝な物言いで三成が懇願している。やはりその瞳は義弘を見ながら、一番大事なものを見ていない。この男が見ているのは上辺だけだ。心を見つめられぬ者に、同胞の命を貸す訳にはいかない。

「我が方もいつ何時襲撃を受けるやも知れず、この地を動く訳には行き申さぬ。各々が持ち場にて存分の力を発揮する。それが当初からの申し合わせであったはず」

義弘の言葉を待たずに豊久が三成に告げる。その冷淡な口調が、義弘には少しおかしかった。

あれほど戦いたがっていた豊久が、三成への加勢となると態度を豹変させ拒絶してみせた。この甥も己が身を他人に捧げるような真似はできないと見える。いや、三成のために命を賭ける気など毛頭ないのだ。

豊久の言を受け、三成が義弘に視線を投げた。その目には最早高慢な色は微塵もない。哀れな痩せ犬が餌を求めるかのごとき気弱な目付きで、義弘を見つめている。それでも三成の瞳は、義弘の心に届かない。

豊久の言葉に同調するという意志をこめ、義弘は三成から目を逸らした。

義弘の心中を悟った三成が寂しげにつぶやいた。日頃から生白い顔が、血の気を失い悲壮なほどに真っ青になっている。がっくりと肩を落として去ってゆく真っ青な陣羽織の背に染め抜かれた大一大万大吉の文字が、たまらなく虚しかった。

「左様でござるか……」

三成が去って一刻も経たぬ頃……。

松尾山が動いた。

関ヶ原の南西にある松尾山に戦がはじまる前日から布陣していた小早川秀秋が、麓で福島勢と戦っていた大谷吉継の側面めがけて突撃を開始したのは、正午を過ぎたあたりのことだった。

伏見攻めでは宇喜多秀家とともに毛利方に与して戦った秀秋は、豊臣の家に連なる男だ。秀吉の正妻、北政所の甥であり、秀吉の猶子であったこともある。

この戦場で最も豊臣家に近い。

豊臣家の権威を簒奪せんとする家康を誅するという大義名分の下で戦う三成らにとって、秀秋は当然味方であるはずだった。

しかしそれは三成や宇喜多秀家、大谷吉継らの言い分である。

戦国の世において、大義などあってなきがごとし。

もし大義こそがすべてだというのであれば、三成たちが主と慕う秀吉の朝鮮出兵も義に背いた行いだと言わざるをえない。あの戦ほど義のない戦はなかった。それでも戦は起こったではないか。

強き者、勝ちし者こそが正しいのが戦国の世だ。秀秋が何処方に付いても不思議ではないし、不忠と罵(ののし)られる道理はないと義弘は思っている。故に小早川勢が大挙して大谷の兵に襲い掛かったのを見た時、秀秋の行動に〝見事〟の一語を想った。

これほど劇的で最大の効果を生む裏切りはない。

戦は一進一退とはいえ、毛利方がわずかに押していた。三成、宇喜多、大谷らの奮戦めざましく、家康方の諸将は完全に攻めあぐねている状況だった。三成が義弘に救援を求めては来たが、それでもまだまだ毛利方には潰(つい)えるほどの綻(ほころ)びは見えなかった。

それが秀秋の行動で一変したのである。

小早川勢が松尾山を降りるのを受け、麓で静観していた毛利方の脇坂安治、朽木元綱、小川祐忠、赤座直保ら総勢四千人の将兵も大谷隊に突撃。小早川の猛攻を一度は退けた吉継も続く四人の裏切りに抗しきれず、遂に陣を乱した。

戦場の南西で生まれた衝撃は一気に毛利方諸将に伝播(でんぱ)してゆく。大谷勢が壊滅すると、今度は宇喜多勢が福島、藤堂(とうどう)、京極(きょうごく)らの突撃を受けて潰走を始めた。

南から徐々に伝わってゆく混乱は、遂には三成の陣にも波及。必死に抵抗を続けていた三成も、兵たちの動揺を抑えることができず、黒田、細川、加藤らの兵に追われるようにして北国街道を近江へと逃げ帰った。

それまでなんとか均衡を保っていた戦場は、秀秋の行動ひとつで一気に徳川方へと傾いたのである。

これほど鮮やかに戦局を推移せしめた采配を義弘は知らない。弱冠十九歳の若き小早川家の当主の変心に、義弘は心から喝采（かっさい）を送っていた。

元々、他所人の戦と心得ている。我が方が敗北したという悔しさもなかった。

大谷、宇喜多、石田の各隊が次々と崩れてゆく中でも、義弘率いる島津隊は頑として動かなかった。北国街道を逃げようとする石田の将兵たちが混乱の中で島津隊に乱入しようとするのに鉄砲の弾を撃って退ける程度の動きしか見せず、攻めもせず退きもせずただじっと戦場に留まり続けた。同志と思っていた島津隊からの思わぬ銃撃を受けた石田の将兵たちは、それ以降義弘たちを避けるようにしながら逃げた。

戦場に残っているのは家康に与した諸将の兵ばかり。

すでに勝敗は決している。

「儂らも早う逃げんと、このまま敵に包囲され殲滅（せんめつ）されもんそ」

三成を追い払ってからも先備（さきぞなえ）に戻らず義弘の傍らにはべっていた豊久が言った。その声にはもう焦りはない。最後まで動かなかった義弘の想いを、すでに理解している。

「さぁ伯父御、撤退の下知ば皆に……」

「豊久よぉ」

おもむろに義弘は床几から立ち上がった。わずかに視線が高くなる。

見渡す限りの敵……。

自然と口元に微笑が浮かぶ。

「こんまんま敵に背中ば見せて逃げるとは悔しかなぁ」

いまさら何を？　と問いたげに豊久が兜の下の眼を大きく開いた。

義弘は口元に微笑を湛(たた)えたまま、己の顎を拳でこんこんと叩く。六十を越えたあたりから急に重くなってきた身体を前に進めるように、のっそりと右足を踏み出した。足の裏で湿った草地を踏みしめると、今度は左足を出す。

追うようにして豊久が歩を進める。振り返ることなく敵を見つめたまま義弘は言葉を吐いた。

「儂らの戦ばひとつもせんまんま薩摩に帰る訳には行かんど」

「じゃっどん戦はもう……」

「終わっとらんど」

義弘は肩越しに豊久を見た。熱を帯びた眼光に、豊久が息を呑む。

「丸に十文字じゃ」

「は？」

「大きか丸ん中の十文字。そのど真ん中ば貫くしか、儂らの生くる道はなか」

言った義弘の右手が腰の刀を抜いた。高く上げた切っ先をゆっくりと下ろす。

煌めく刃の向こうに厭離穢土欣求浄土の旗印がなびいていた。家康の旗である。

「伯父御……」

「戦は数じゃなか。ここん勝負じゃ」

左の拳で己の胸を叩く。

「なんがあっても敵を倒す。そん心があれば数の多寡なんぞどうにでんなっど」

身中に熱い物が漲ってゆく。伏見の城将、鳥居元忠に加勢を断られた時から徐々に冷え、この地に陣を構えた頃には凍りついてしまっていた義弘の魂が、燃え上がっていた。

戻ってきた……。

己が戦がいま義弘の両手に戻ってきた。

「こっから先は儂と家康の喧嘩じゃ」

豊久が駆け、義弘の目の前に立った。

「討っど豊久」

力強くうなずいた豊久の顔から迷いも焦りも消えていた。豊久は誰よりも色濃く島津の血を受け継いでいる。一度腹を決めると、他のことは一切見えなくなる性分だ。すでに豊久の頭には、家康の首以外はないはずである。

義弘は臍の下に気を籠めるようにして、ゆっくりと腹中深く息を吸いこんだ。それを魂の焔と化しつつ、一気に吐き出し言葉を乗せた。

「儂らはこれより徳川家康の本陣を叩くっ」

覇気に満ちた義弘の声は、天を揺るがし全軍に伝わった。

同胞たちが歓喜の声を上げる。これまでの忍従に、皆の鬱憤は溜まりに溜まっている。弾けた熱情はもう、誰にも止められなかった。

「馬ば引け」

義弘の言葉を聞くや、すぐに豊久が駆け出した。同胞たちは本陣を打ち捨てる準備に忙しい。

豊久が己が馬を駆りながら、義弘の愛馬を引き連れてきた。義弘を見つめる口取りの目が、いまにも泣き出さんばかりにうるんでいる。

「辛か想いばさせた」

誰にともなくつぶやいた。

国許の兄の制止を振り切り、己のためにと駆けつけた同胞たちである。これまでの鬱屈の日々を堪えてくれたことに、義弘は心の底から感謝した。

もう誰のためでもない。徳川も豊臣もない。天下など関係ない。

ただ島津のため。

丸に十文字の旗のため。

義弘たちは戦う。

誰の戦でもない。

「儂らの戦じゃ」

刀を鞘に納め、赤毛の駿馬に駆けあがる。すかさず従者が槍を捧げた。

漆が塗られた艶めく柄を握りしめ、ちいさく素振りをする。鎌のない笹の葉の形をした穂先が空を斬り甲高い音を放つ。

義弘の槍には硬い樫の柄の中心をくり貫いて鉄の芯が入っている。並の六十を越えた老体では、持って馬を駆ることすら容易ではない。しかし義弘は、重厚な槍をまるで枯れ枝を振るかのようにして軽々と小脇に抱え、顔色ひとつ変えなかった。

無駄な力を入れていないのだ。

どんな得物を操る際にも言えるが、身体に力が入るのは未熟の証である。得物は、力を抜き身体の動きに合わせるようにして使わなければならない。

無理に力を入れると衝撃が敵に伝わらないのだ。槍で敵の頭を打った際に無駄に力が入っていれば、己が身体で重さや衝撃を支えてしまう。結果、叩き割れるはずの兜が槍を跳ね返し、逆に振った側の腕を痛めてしまうことになる。無駄な力を使わず身体の動きで槍を振ってはじめて威力のすべてが伝わり、敵を両断するのだ。

重厚な得物であればあるほど、熟練の士が使えば凶暴な牙となる。

義弘は幼児一人分ほどもあろうかという重さの槍を軽やかに振り上げ、もう一度虚空を斬り払った。

満足のゆく刃筋である。義弘の心に応えるように、切り裂かれた虚空が悲鳴を上げた。

「いつでも行け申す」

両の鼻の穴を大きく膨らませて豊久が言う。槍を脇に抱えた義弘は、顎を大きく上下させた。

「獲物は家康ただ一人っ。邪魔する者を斬り払いながら、真っ直ぐ進めっ」

同胞たちが雄叫びを上げる。

「では儂は伯父御ん道ば開く切っ先んなりもんそっ」

叫ぶと豊久は先頭に向かって走り出した。雄々しい甥の姿につられるように、同胞たちの身も前へ前へとのめってゆく。

先備に辿り着いた。豊久は留まることなく先備を通り過ぎ、そのまま先頭まで躍り出た。

止まらない。

豊久が敵にむかって駆けてゆく。同胞たちが雄叫びを上げ、後に続いた。

「行くどっ」

叫び、馬腹を踵で激しく打つ。手綱を緩めると、赤毛の悍馬が飛翔するかのように軽やかに地を蹴った。

勝敗の決した戦場の中、義弘の率いる千五百人の薩摩者だけが、いまだ修羅の巷にいる。

戦勝の歓喜に沸く福島正則の兵たちが、逃げるようにして義弘を避けてゆく。

福島にとっては勝ち戦である。これ以上、無駄な損耗を受ける必要はないと判断しての正則の指示であろう。

一国を預かる将としては悪くない判断である。が、義弘は気に喰わない。

すでに勝ちが決していると何故わかる？

義弘たちの行動を、退路を断たれた小勢の蛮行だと正則は見た。だからむざむざと道を開けた。みずからの敗北につながる道をである。

まさか義弘が家康を狙っているなどと、思ってもいない。この状況からまさか己が敗軍の将となるなど、考えてもいない。

甘い。

豊臣家中でも加藤清正と並び猛将の呼び声高い正則である。しかし彼らは所詮天下が治まり始めた頃に出てきた若輩だ。幼少の頃より戦場にあり、六十六になるいまもって現役の義弘の心など理解できるはずもない。

無駄な損耗など戦にはないのだ。敵が戦場にあるかぎり、決して気を緩めてはならない。

いや……。

勝ったと思った時ほど、心を引き締めるものだ。仮初の勝ちに酔った末に首を失った愚将など目も当てられない。

「いまにそうなっど」

福島の将兵たちのせせら笑う顔を馬上で見つめながら、義弘はつぶやいた。

太平の猛将とは違い、歴戦の勇将揃いの三河者たちはさすがに義弘の動きを機敏に察したようである。やり過ごす福島勢を横目に見ながら駆け抜けた義弘たちの前に、巨大な壁が立ちはだかった。

井伊直政率いる赤備えである。その隣の三つ葉葵の旗は松平忠吉。忠吉の隣の立葵は三河の荒武者、本多忠勝の軍勢である。

義弘がざっと見たところ、彼我の兵の差は四倍以上ありそうだ。しかし義弘はおろか島津の誰一人として目の前の敵に臆する者はなかった。

とば口にすぎず。本当の敵はその背後に控える家康率いる三万なのだ。

臆する訳がない。義弘が号令せずとも、豊久を先頭にした千五百は一個の鏃と化し敵にむかって突き進む。

激突。

敵は井伊の赤備えを中央にして、右に松平忠吉、左に本多忠勝が広がり、義弘たちを押し包むような恰好となった。豊久が突っこんだ中央の備えが一番厚い。突撃の衝撃を柔らかく受け止め、広げた掌をゆっくりと握りしめてゆくように全軍で押し潰すつもりである。

「やらすっかぁっ」

井伊の騎馬武者たちの群れの中から、豊久の声が聞こえた。

先備はすでに戦っている。

「押せぇっ、押さんかぁっ」

義弘は荒ぶる想いを声にして吐いた。

言わずとも同胞たちはすでにわかっている。包囲せんとする敵などに目をやる者など一人もいない。

前に……。その想いだけで進む。豊久の背中を追うようにして愚直なまでに前進を続ける。

敵が完全に包囲した。義弘の周囲にも敵の姿が現れ始めた。

血が滾る。

「死にたか奴は、どいつじゃ」

目に付いた敵を手当り次第に叩き伏せてゆく。振りの勢いがすべて乗った強烈な一撃に、馬上の敵も徒歩も面白いように倒れてゆく。

義弘は一撃をくれるだけ。昏倒した敵の止めは周囲の同胞に任せる。

一撃必倒。それが義弘の武技である。

二撃も三撃も存在しない。全身全霊を最初の一振りに賭ける。

敵勢に包囲されながらも、義弘たちはぐいぐいと前進してゆく。

豊久が率いる先備が、突進を阻もうと躍起になる敵勢の一番苛烈な攻めに立ち向かっている。分厚い敵の壁を削るとすぐさま前進し、また新たに小さく削り前進するということを、豊久は愚直なまでに繰り返していた。決して足を止めないからこそ、全軍が硬直することがない。

生半な心胆でできることではなかった。

戦場で一度立ち止まると、ふたたび動きだすのは容易なことではない。止まるということは敵の勢いとこちらの勢いが拮抗したからである。敵の方に数の分がある以上、拮抗すれば次の刹那には後退が待っている。そうなればもうふたたび前に進むことなどできはしない。

押し潰されて全滅する。

豊久が戦う前線は、最も死の気配が濃い場所だ。前進しようと心で思っていても、わずかな恐れが足を止めてしまう。一人一人の小さな恐怖がじわじわと全軍に伝染すれば、果てには拮抗を生む。

わずかな恐れさえ命取りになる修羅の地平である。全軍が命を捨てた死兵と化してこそ初めて、寡兵は前進を許されるのだ。
島津の兵はすでに死を超越している。この一戦で死するつもりだ。
誰の戦でもない。島津の戦だからである。
こうなった時の島津の侍は、どこの将兵よりも強いことを義弘は知っていた。
もう止まらない。
「抜くっどぉ伯父御ぉっ」
豊久の声。
乾いた板木に銃弾が炸裂したかのごとくに、敵の群れが弾け、道が開けた。
「おっしっ」
年甲斐もなく義弘は叫んでいた。
千五百の足が一気に速くなる。
依然として敵の襲撃は止まらない。
義弘の槍も止まらない。
必死の形相で槍を突き入れてくる騎馬兵。やりそうな面構え。
が……。覚悟が違う。
男の顔には恐れが滲んでいる。この勝ち戦の最後で死にたくはないという、生への執着が眉の間、頬の肉の緩みにあらわれていた。

男の想いは槍先に滲む。

一切の迷いが消え去った義弘の剛直な槍が、男の一撃を真正面から払い除け、そのまま恐れを帯びた鼻面を貫いた。

抜く。すぐさま足元へとすがりつこうとする足軽の頭を砕いた。

「次っ」

舞をまうように義弘は槍を振るい続ける。鼓の音に合わせるかのごとく、小気味良い調子で、周囲の敵がずんずんと倒れてゆく。

「まだやれっど」

六十六。老い先短い我が身である。

九州を島津の物にと来る日も来る日も戦場を駆けずりまわっていた頃から比べると、身体は鉛を帯びているのかと思うほどに重い。まだ一刻も戦っていないはずなのに、すでに息も荒かった。

並の男なら、義弘の歳になればもう前線で戦うような真似はしない。ろくに槍も振れず、早駆けもできない身体では満足に戦えるはずもないから当たり前といえば当たり前である。

義弘は常人とは違う。物心付いた頃から島津の武士なのである。鍛え方も心構えもなにもかも、人の枠などというものからは無縁であった。己の裡にある人外の力を、義弘はいまさらながらに実感している。

目の前の敵は皆、己よりもひとまわりもふたまわりも年下であった。なのに誰一人として義弘を馬から引きずり下ろせる者がいない。覇気も膂力も武技もすべて義弘の方が優っていた。

「儂はここにおっどぉっ」

天に向かって吠えた。喊声を貫いて轟いた義弘の声に、誰もが息を呑んでいる。

すでに前線は敵の群れを抜けていた。再度包囲しようと敵も躍起になって追っているが、豊久たちの猛烈な突進について行けず、ぐいぐいと離されてゆく。

義弘の視界にも敵の裂け目がはっきりと見えた。

その向こう……。厭離穢土欣求浄土の旗がたなびく。

「家康っ」

穢れた現世から離れ、清浄なる浄土こそを求める。家康の旗にはそのような浄土門の教えがこめられている。

甘いと義弘は思う。

衆が浄土を求めるのは良い。しかし武士が戦場に求める物は違う。浄土を求めることで死を越えんとするのだろうが、それでもまだ辿り着けない境地がある。浄土を想う時、そこにはまだ己がある。死して後、浄土に安息を求める心には、現世の戦場への恐れがある。その恐れが迷いを生み、切っ先を鈍らせる。

本当の死兵とは、浄土すらも求めない者のことだ。己を一個の槍と定め、ただひたすらに獲物にむかって突き進む。果てた後にあるのは無だ。己の魂と引き換えに敵を討つ。それこそが真の死兵である。

紅の海を抜けた義弘の前に、今度は漆黒の壁が立ちはだかった。家康の兵である。

「行くどぉっ伯父御っ」

島津の切っ先が吼えた。

「応っ」

義弘は応える。

返り血に塗れた柄を掌で拭う。

疲れを忘れたように奔りつづける愛馬の首を力強く叩いた。灼けるように熱い。

背後からは井伊、本多、松平の将兵たちが追ってきている。

止まれば死。

重々承知。

漆黒の壁にぶつかる。同胞の動きが鈍くなった。

さすがは家康を守る三万である。易々とは通させてはくれないらしい。

義弘は馬腹を蹴った。同志たちの脇をすり抜け、前線へと進む。

豊久の背中が見えた。すでに激烈な戦闘の渦中にある。

武勇秀でる甥は、四方を敵に囲まれながらも敢然と立ちむかい、少しずつ進んで行く。その雄姿に負けじとばかりに先備の面々も、死を恐れず懸命に敵の壁を突き崩す。

甥の左側面から突き出た槍を、義弘の剛槍が弾き飛ばした。大きく仰け反った敵の喉を、豊久の刺突が貫く。

甥は義弘にわずかに視線を投げただけで、すぐに敵へと相対した。その頼もしい姿に満足するように、義弘は隣に並び槍を振るう。

浄土を求める敵が目の前を埋め尽くすが、死をも超えた二匹の猛獣の前では、取るに足らない存在だった。かかっては蹴散らされ、蹴散らされてはかかるを繰り返しながらも、徐々に壁が薄くなってゆく。

すでに同胞たちは漆黒の大海の中に綺麗に呑みこまれてしまっている。抜け出す術はひとつしかなかった。

正面そして左右の三方から一気に槍が突き入れられる。

小さな呼気をひとつ吐き、横薙ぎに槍を振るった。枯れ木が宙を舞うかのごとく、敵の槍が飛ぶ。

止めは刺さない。前に進む。

押し退けると次の敵だ。

すでに甥のことすら忘れている。義弘の心は目の前の獲物しか捉えていない。払い、進む。

強固な堰から一条の清水がこぼれだすように、義弘の目が敵の壁の先に小さな光を見た。

届く……。視線の先にあるわずかな光芒目掛けて槍先を突き入れる。

それまでの圧が嘘のように景色が一変した。敵の奔流は背後に過ぎ去り、義弘は無人の荒野に一人立っていた。

獲物はどこだ？

目の前。

家康。

主を守るように左右に広がる敵は、それまで義弘が相対してきた何倍もの数だった。

なおもこれだけの余力を残すか……。

返り血で真紅に染まる義弘の脳裏に、家康が名うての野戦上手であったことがいまさらながらに思い出された。

寡兵を一気に包囲することで視野を奪う。果敢に攻めさせ、壁を抜けたという安息を与える。束の間の安堵で心を緩めた寡兵の前に、今度は絶対的な数の敵を見せつけ抗う心を根こそぎ奪う。幾度立ちむかおうとも、決して己には辿り着けない。前線に敢然と立つ家康の顔に、絶対の自信がみなぎる。

家康の懐の深さに、義弘は自然と笑みがこぼれた。

凡夫ならばそれで良かろう。

激戦を潜り抜け、心はすでに抗う力を失っている。家康の左右に居並ぶ万を数える敵を前にすれば、戦う力など残ってはいまい。

義弘は違う。

馬腹を蹴った。

家康だけを見ている。

背後から豊久の声が聞こえてきた。同志たちも包囲を抜け出しはじめている。

恐れるな……。

すでに我らは死兵。最後の一兵になるまで戦うのみ。

義弘は駆けた。家康は微動だにしない。兜も付けず、床几に座ることもなく、胸を張り、義弘を見つめている。家康同様、兵たちも動かない。義弘の疾走を冷淡な眼差しで眺めていた。

殺気。

槍を構える。

衝撃。

目の前に巨軀の荒武者が立ちはだかっていた。

鹿の角を配した兜。本多忠勝。徳川家きっての猛将である。

「退け惟新っ」

名槍蜻蛉切を振り上げ、忠勝が怒鳴った。単騎であるにも拘わらず、これまで相対してきた万を超える敵を凌駕する気迫と圧がある。忠勝一人に足を止められていた。

背後から豊久たちが近づいてくる。視線を背に向ける暇すらない。

忠勝の繰り出す斬撃を受けるだけで精一杯であった。

「これ以上の争いは無益ぞっ」

忠勝が吼える。

「無益かどうかは儂が決める」

怒りを声に乗せ義弘も吼える。

「良い加減に槍を納めい惟新っ」

忠勝の背後から声が響く。

家康だ。聞き流し、槍を繰る。

豊久たちが足を止めたのを気配で感じた。

「なんばしよっとか豊久っ、儂のことは良かけん、早う家康ば討たんか」

豊久は答えない。

激闘に水を差すように家康の声が降る。

「島津のことは悪い様にはせんっ。大人しゅう槍を引け」

おびただしい銃声。狙いは義弘ではない。背後の豊久たちだ。

「もう止めい惟新っ」

「うるさかっ」

家康の声を振り払い、目の前の首筋めがけて渾身(こんしん)の刺突を繰り出した。忠勝の瞳が輝きを増したのを、義弘は見逃さなかった。

いない。

かわされたと気づいた時には、身をひるがえした忠勝の腕から、槍が伸びていた。

腹に迫る。逃げきれない。

「こんな所で死ねっかぁ」

何かが目の前に立ちふさがった。

男の背中だ。槍が男を貫いた。

「早う伯父御をっ」

甲高い声を口から溢れさせ、豊久が蜻蛉切を抱いた。天に向かって大きく開いた口から、血飛沫（ちしぶき）が舞う。

「伯父御は死んじゃならん御人じゃ」

蜻蛉切を抱いたまま、豊久が振り返った。

「伯父御が生きとれば、薩摩はまた戦える。ここは逃げてたもんせ伯父御。退路は儂らが作りもうす」

豊久は己が槍を落とし、腰の刀を抜いた。そのまま抜き打ちで蜻蛉切の柄を断ちに行く。察した忠勝が、槍を引いた。その勢いで豊久が前のめりに倒れ、馬の首にもたれかかる。

「豊久っ」

駆け寄ろうとした義弘を豊久が目で制す。

「皆早うっ」

豊久の叫びに応えるように、義弘の背後から同胞たちが駆けてきた。騎乗の若者たちに両脇を抱えられるようにして、豊久から引き離される。

「死んでも伯父御を薩摩に届けなつまらんぞ」

馬の首から離れ、豊久が刀を天に突き出す。

家康の左右を固めていた兵たちが動きだした。背後から井伊らが迫る。

義弘は同胞に両脇を抱えられるようにして馬首を返した。

「豊久っ」

愛する甥の姿が敵の中に消えた。

いきなりのことで動転している義弘を、同胞たちが誘う。

豊久が皆に命じたのか。

やっとのことで抜けた敵の壁の向こうに見た大軍に、豊久はこれ以上の突撃は無謀だと判断したのであろう。家康を討てぬと思った瞬間、すぐに思考を切り替えたのだ。

義弘だけはかならず薩摩に戻す。豊久は己が身を犠牲にして義弘を守ったのだ。

ふと周囲の同胞たちを見た。

死兵の顔だ。義弘を生かすためだけに、皆すでに命を捨てている。豊久の遺言を叶えるために、義弘を守りぬく。

死ねぬ……。

失意に沈みそうになる心を奮い立たせる。豊久のため、同胞たちのため、義弘はまだ死ねぬ。

伊勢路へと続く隘路に入った。

敵はまだ追ってくる。

同胞たちが銃を構えて地面に座りこんだ。追撃してくる敵兵にむかって一斉に銃が撃ちこまれる。撃った者はすぐさま背後の並ぶ仲間の最後尾に付き、ふたたび銃に弾をこめる。そうして順繰りに銃を撃ちながら、最後の一兵になるまで敵の進行を食い止めてゆく。

捨て奸と呼ばれる戦法である。

背後で銃声が轟く。間断なく続く銃声は、同胞たちの命の咆哮であった。

まだ……。

義弘は己の胸に手を当て、心につぶやいた。

薩摩にてもう一戦。家康を討つまで戦は終わらない。

義弘の胸にはまだ戦の焔が轟々と音をたてて燃え盛っていた。


追撃は関ヶ原の南にある烏頭坂を越えたあたりで途切れた。伊勢路を越え大坂に着き、薩摩へと戻る船上には、義弘の他には八十人あまりしか残っていなかった。

関ヶ原の戦いの後、天下は恐ろしいほどの速さで動いていった。

薩摩にてもう一戦と願っていた義弘であったが、急速に権威を増大させた家康の力を恐れた国許の同胞たちの反対にあい、ついに反旗の兵を挙げることは叶わなかった。兄、義久の下に徳川家への恭順を決めた島津家は、義弘を大隅へと隠居させる。

関ヶ原での戦が義弘にとって最後の戦場となった。

丸に十文字の旗の下に集う侍たちによって徳川幕府が倒されるのは、この戦から二百六十七年後のことである。

我が身の始末

家が燃えていた。丹精込めてみずから造りあげた家である。息災に皆が暮らせるよう、民が誇れる物になるよう、少しの妥協も許さず、寝食を忘れて没頭した末にできた愛すべき家が、炎に包まれていた。石田治部少輔三成は薄ら笑いを浮かべながら、燃える我が家を見つめている。

「炎が夕焼けに溶け、なんとも見事じゃ」

三成の呟きを聞き、周囲に侍る家臣たちが啞然とする。城が燃え落ちているのを見て、呑気に笑う大名などいない。

佐和山城と言う。いまは亡き主に貰った城だ。佐和山に入った三成がまず手を付けたのが、城の改修であった。五層の天守を築き、己に過ぎたる物と言われるほどの城となった。あの城には家族がいた。父と妻、そして息子たち。彼等と一緒に城を守っていた家臣たちも、すでに生きてはいないだろう。関ヶ原での大敗から三日。これほど早く、佐和山が落ちるとは思ってもみなかった。

「死ぬのだなぁ、儂は」

答える者は一人もいない。敗北の後も主君に忠義を尽くす良き家臣たちだ。主の死を望むような者は、すでに三成の元から去っている。

大敗であった。互いに七万を超す大軍勢を率いての大戦。相対したのは関東二百五十五万石、徳川家康だ。相手にとって不足はなかった。三成の所領は近江佐和山十九万石。家康に比べれば、実にちっぽけな石高である。そんな己が天下に覇を競った。男冥利に尽きるではないか。勝敗は時の運である。敗けは敗けだ。素直に認めなければならぬ。戦に敗れれば全てを失うのは世の常である。城が焼けるのも、家族が死ぬのも、覚悟の上の戦だ。別所、明智、柴田、北条。いままで数え切れぬほどの大名を滅ぼしてきた。たくさんの女子供を、殺しもした。己の番が来て悲しむのは、虫が良すぎる。

「さて、どうするか」

城に背をむけ、家臣たちを見る。どの顔も煤や埃に塗れて真っ黒だ。戦に敗れ、伊吹山に逃れてから、さんざん野山を駆けまわった。地を這い、転げるようにしてやっとのことで佐和山まで辿り着いたのである。誰もが疲れ果てていた。息を吐くと同時に、腹が小さく鳴る。間抜けな音に、思わず笑みがこぼれた。家臣たちは目を伏せ、哀れを満面にたたえたまま、くすりともしない。

「腹が減ったなぁ」

誰一人答えなかった。主に飯を喰わせることすらできぬと、みずからの不明を恥じているのである。

「そんな顔をするな。ここまでくれば、主君も家臣もない」

「しかし」

傍に侍る初老の男が言った。すでに腹心の左近や喜内はいない。側近くに仕えていても、左近たちのように気安く冗談が言い合える間柄ではなかった。だからこそ、敗軍の将となった己に、彼等がこれ以上義理立てする必要はない。

「ここからは各々、勝手次第ということにいたそう」

「殿っ」

「もう儂は、お主たちに殿と呼ばれるような男ではない」

「しかしまだ大坂がございます。大坂城には毛利殿も秀頼君もおられます。ここに大津攻め、田辺攻めの兵が集えば、まだまだ我等は戦えまする」

「あれだけの大敗を喫しておきながら、己一人生き延びて大坂城へ入り、まだ戦えと申すか」

家臣たちが一斉にうなずいた。先刻まで悲痛に歪(ゆが)んでいた瞳が、熱を帯びている。

「世迷言(よまいごと)を申すな」

「殿っ」

血気に逸(はや)る男たちを、右手を挙げて制する。とっくに具足は脱ぎ捨てていた。筒袖(つつそで)に籠手(こて)を着けただけの姿である。緩くたるんだ腹が、また間抜けな音をたてた。自嘲(じちょう)するように鼻で笑うと、忠義の士の顔を、ひとりひとり見てゆく。

「毛利は動かんよ」

あっけらかんと言い放つと、家臣たちが肩を落とす。

「南宮山(なんぐうさん)には恵瓊(えけい)がおったのだ。それでも毛利は山を降りなんだ。すでに徳川との間で話はついておるはず。此度の大敗で、毛利は牙を失ったのじゃ。もはや大坂で抗(あらが)うような気概はない」

「大坂に行ってみねば解りませぬ」

「儂には解る」

緩んでいた顔を引き締め、冷徹に言ってのけると、家臣たちはそれ以上の抗弁を諦(あきら)めた。先のことなど解る訳がない。が、それでも三成は、毅然(きぜん)とした態度で言いきる。そうやって、近江の土豪の息子から十九万石の大名になったのだ。

この男には解るのかもしれない。いや、解るのだ。そう思わせれば、問答は勝ちである。実際、さっきまで三成を焚きつけていた家臣たちも、断言されて完全に黙ってしまった。再び微笑を浮かべ、泣き顔の男たちに語りかける。

「だからもう、お主たちも好きにしろ。儂も好きにさせてもらう」

立ち上がる。

「何処へ」

「さて何処へ行こうか」

答えた三成は、もう二度と佐和山城を見ることはなかった。

暗く湿って心地が良い。時折聞こえるかさかさという音は、虫が発てる足音だ。衣に染みついた他人の汗の臭いと、水気を保った土の臭いにもようやく慣れた。明かりが無いのは、灯火はいらぬと言ったからである。

伊吹山は三成の所領の裡にあった。佐和山で家臣たちと別れ、ふたたび山へ戻った。関ヶ原から近江にかけては、いまなお敗軍の将を探索する敵兵が、蟠踞している。迂闊に動きまわるよりも、こうしてひと所に留まっている方が危険も少ない。古橋村のあたりを彷徨っていた時、村の百姓たちに匿われた。村内の岩窟を用意され、杣の装束を与えられた。食い物は粗末であるが、朝夕運んできてくれる。戦が終わってから、はじめて安住の地を得た心地だ。ここに留まるつもりはないが、しばしの時を欲している。己は何故、敗けたのか。何が悪かったのか。みずからのこれまでの歩みの始末を付けておきたかった。それが成るまでは、捕えられる訳にはいかない。始末さえ付けば、いつ捕えられても良いと思っている。

家康に与した者の多くは、豊臣恩顧の大名たちだ。さすがの家康も、今度の戦の責を秀頼に問うことはできないだろう。もし豊臣家を断罪すれば、いまは家康に味方している者のなかからも、造反する大名たちが出てくる。福島正則や加藤清正などの名が、まっさきに思いつく。

南宮山から動かなかった毛利は、いち早く徳川に恭順の意を示すと見た。領国の維持は難しいかも知れないが、輝元が死ぬという最悪の事態は避けられる公算が高い。総大将は許される。ならば死ぬのは誰か。己しかいない。今度の大戦は、石田治部のために起こった。それ故、いっさいの責を問い、死罪に処す。己が家康の立場であれば、そう動く。責任の所在を明確にし、科人を確実に処断することが、戦ではもっとも重要だ。

殿下もそのあたりは抜け目がなかった。備中高松の清水宗治、北ノ庄の柴田勝家、小田原の北条氏政、大きな戦ではかならず敵の大将をしっかりと始末した。明智光秀のような例外もあるが、逃げ惑った末、落ち武者狩りの竹槍で殺されたのだから、それはそれで哀れな最期である。己は光秀になるつもりはない。無様に生き残るため、こうして岩窟に潜んでいる訳ではないのだ。

間違ってはいなかった。千変万化する状況で、常に最善の手を打っていたつもりだ。かねてより申し合わせていた上杉に家康を挑発させ、大坂より追い出し、後背を突くように挙兵した。毛利を担ぎだし、総大将に据え、味方を募った。伏見城を落とし、諸大名の妻を人質に取り、家康の反転を待つ。伊勢路と東海道から東へと進軍し、家康を迎え撃つ。豊臣恩顧の大名たちが、おおむね家康に付いたと知るや、大垣城に籠り、田辺攻め、大津攻めの兵たちの到来を待った。家康の着陣によって小早川が松尾山に布陣すると、大垣城より出て近江から京へと向かう東海道を塞ぐようにして敵に備えた。まんまと関ヶ原へ兵を進めた家康たちを、陣中深くまでおびき寄せ、南宮山の毛利、長宗我部の大軍とともに挟み撃つ態勢を取った。全てが勝利へとむかっていた。己の采配に間違いがあったとは思えない。

では何故敗けた。

〃お主を見ておると、光秀を思いだす〃

不意に背後から聞こえた声に、三成は思わず振り返った。しかし、そこにあったのは虚(うつ)ろな闇だけで、声がした時にたしかに感じた気配は、すでに無い。

「殿下」

声の主の名を呼ぶ。あれはたしかに殿下の声だった。振り返った身体(からだ)を元に戻し、かつてかけられた言葉を思いだす。

「滞(とどこお)りなくすみましてございます」

山のように置かれた紙の束を前に、三成は深々と頭を下げた。そこに記されているのは、日の本を隅々(すみずみ)まで調べあげた末に導き出された各国の石高である。国の総石高のみでなく、山奥の村々まで事細かに記された検地表を、壇上に座る殿下が満面の笑みで見下ろしていた。

「大儀であった」

目を伏せたまま三成は、主の幾分上擦(うわず)った声を聞く。すこぶる機嫌の良い時だけ、主はこのような声を出す。

「お主以外に遺漏(いろう)なくこれだけの務めを果たすことのできる者はおらぬ。良うやった佐吉」

「はっ」

「じゃがな」

先刻の上擦った物とは打って変わって、重く深い声を殿下は吐いた。なにか遺漏があったか。思わず三成は頭を上げた。そんな三成を、びっしりと墨で満たされた紙の束越しに、殿下が寂しそうに見下ろしている。

「お主を見ておると、光秀を思いだす」

明智日向守光秀。殿下の旧主、織田信長を討った男である。信長を討って京を支配した光秀は、殿下との戦に敗れ、死んだ。そんな男を、どうして思いだすのか。三成には殿下の真意が解らない。

「光秀は何事にも理で当たる男であった。理を通すためならば、躊躇いなく情を殺す。金ヶ崎の時など、敵の前に留まり、死ぬつもりであった。信長様や儂らを無事に京まで届け、敵を食い止める。それがあの時の奴の理であったのだろう。理のために死する。それが光秀という男よ」

情よりも理が勝るという点は、納得できた。三成も日頃より、そうありたいと願っている。情に走って横車を押すような真似を、何よりも嫌う。

「決死の覚悟で敵前に留まりながらも、奴は心の裡では生きたいと願っておった」

「無事に逃げおおせたのでございましょう」

でなければ、信長は光秀に討たれていない。

「儂が助けた」

満面に笑みをたたえて、殿下が言った。三成が黙っていると、このごろとみに増えた皺を笑みの形に歪めたまま続ける。

「奴の理を引っぺがして、生きたいと願う情を、剝き出しにしてやった。それからは二人して敵に背をむけて、遮二無二走ったわ」

殿下が陽気に笑う。ひとしきり笑ってから、殿下はふたたび寂しそうな目をして三成を見た。

「佐吉よ。理だけで人は動かぬのじゃ。そして、お主もまた、人なのじゃ。お主にはお主の情がある。それを忘れてはならん。人の情を想い、みずからの情を慈しむ。そのうえで貫く理でなければ、真の理とは言えぬ」

丸い岩の天井から滴がしたたり落ちて、首筋を濡らし、三成は我に返る。水が肌に触れた瞬間、身が固まり、小さく撥ねた。過敏なほどの反応に、己はまだ生きているのだと実感する。生きたいと願わずとも、身体は死なない。水の冷たさに震えるのは、想いとは別のところにある、身体そのものの動きだ。人というのは、己の身すら儘ならぬ。心と身体の調和すら、満足にいかない。他人であれば、なおさら儘ならぬ。そんなことは解っていたつもりだった。殿下の側で数多くの恨みを受け、茶坊主などと誹られながらも、武を好む者たちを理によって長年制し続けた。理など、感情の前には無力であることも、殿下を見ていれば解る。先刻、夢現のなかで見た光景はなんだったのか。情あっての理。なぜいまになって思いだしたのだろうか。

たしかに情の前には理など無力だ。

朝鮮での戦の折、加藤清正が同胞である小西行長らの言葉を聞かず、功を求めて暴走した。朝鮮には膨大な大名たちが参陣していたのだ。清正一人に好きにやらせる訳にはいかない。三成は清正の横暴を、殿下に注進した。すると即座に清正は任を解かれ、大坂へ戻されることになった。その後、伏見で地震があり、殿下のいた伏見城も大層な被害を受けてしまう。この時、何よりもまずは殿下の御身大事と、我が身を顧みずに駆けつけた清正の姿に心を打たれた殿下はその場で彼を許したのである。一時の情の昂ぶりが理非を越えたのを、三成は痛感し、殿下の脆さに呆れたものだ。

武を好むということ自体が、情を重んずるといっても良い。戦場という殺し合いの場で、信じられるのは心底から結びついた仲間である。理による関係よりも、互いの気性や情の質で繋がることを、武人たちは好む。それは、戦場という理を越えた場所での絆を信じる武人ならではの発想だと思う。己が武人らから嫌われていることは解っていた。情よりも理を重んじなければ、何ひとつ満足にこなせない。そういう立場にいたから仕方がなかった。みずからの才を発揮し、一廉の男になるためには、この道しかなかったのである。武人たちが心を寄せ、頭を垂れるのは、殿下だ。己ではない。三成は、豊臣家と殿下を煌めかせるための影であった。影が暗ければ暗いほど、光は輝きを増す。そんな三成の覚悟を、殿下は誰よりも解ってくれていた。だから、己のような戦場で役に立たぬ者に、佐和山十九万石の領地と、大名という立場を与えたのだ。

三成憎し。此度の戦では、それでも重要な要素になるとは思ってもみなかった。どれだけ三成が憎かろうと、豊臣家と殿下から受けた恩は格別であろう。いまの己があるのは殿下がいたから。広大な領地領民を得たのは、豊臣家とともに天下一統に邁進したから。そう想う大名たちの情に比べれば、己に対する怨嗟など毛ほどの価値もないと思っていた。しかし、それが甘かったようである。家康に加担した大名たちは、殿下の生前、多大なる恩恵に浴した者ばかり。徳川の尖兵となり我先にと大谷刑部に襲い掛かった福島正則などは、殿下の親類筋に当たる男だ。三成と苛烈に戦った黒田長政は、父如水が荒木村重の説得のために入った有岡城で一年間幽閉された際、信長の勘気によって殺されそうになったところを、殿下と当時の軍師であった竹中重治の機転によって助けられたという過去がある。いわば殿下は長政の命の恩人なのだ。

徳川に与した者の誰もが、殿下と豊臣家に足をむけて眠ることのできぬ者ばかり。個人の確執などで、徳川に加担するなど馬鹿げている。しかし、彼等は敵に回った。あの小早川秀秋までもが、戦の最中に徳川に付いたのである。秀秋は、殿下の正妻高台院の甥であり、一時は殿下の養子にまでなった男だ。

「何故、解らぬ」

闇しかない洞穴のなか、三成はひとり呟いた。頭のなかには清正、正則、秀秋の幻影が浮かんでは消え、消えては浮かんでいる。

家康の狙いは豊臣家の抹殺だ。豊臣恩顧の大名たちの手前、いまは耳に心地のよいことを言っていたとしても、必ずいつかは牙を剝く。それは連綿と繰り返されてきた歴史の事実である。物を読まない武人たちには、そんなことも解らないのだろうか。ならば三成みずからが滔々と語っても良い。いかに家康が悪辣であるかを、いかに徳川が豊臣をないがしろにせんとしているかを。

しかし、ここで三成の人徳の無さが災いした。殿下第一、己は常に影であれ。嫌われることを是としてきた三成の生き方が、彼等の聞く耳を奪ってしまった。三成の理など信用ならぬ。己の気持ちを解ってくれる家康ならば、きっと豊臣家を守ってくれると、都合の良い希望と観測でもって、阿呆どもは立場を決めたのである。その結果、三成は敗れた。一世一代の大戦。敗れたことに悔いはない。己の人望の無さなど解っていたことだ。ひとつだけ悔いがあるとすれば、大名たちにとって、豊臣家に対する恩よりも、己への嫌悪のほうが勝っていたという一点を、見誤ってしまったことだけだ。

己のこれまでの人生はなんだったのかという怒りにも似た想いがこみ上げてくる。殿下によって拾われ、殿下のために尽くしてきた人生。己が命というものは、殿下のためにあり、殿下とともに尽きるのだとずっと思っていた。好きとか嫌いなどという生易しい感情ではない。殿下は己、己は殿下である。そこにある。必ずある。みずからが生きている以上、殿下もまた存在する。三成にとって殿下という存在は、それほど揺るがし難いものだったのだ。

「殿下……。いや、父上」

吐いた言葉が岩に当たって、己の耳に返ってきた。そうして自分が吐いた言葉であることを否応なく知らしめる。

剝き出しの情であった。

父。大きくそして疎ましく、いつかは超えなければならぬ者。たしかに秀吉は三成にとって父だった。

闇に慣れ、じめついた洞穴に安らぎを感じはじめている。このまま朽ちるのも悪くない。そう思えるほど、この緩やかな静寂が心地良かった。殿下に仕えてからというもの、こんなに己のことだけを考えた日は、一日もなかった。つねに殿下と豊臣家の繁栄に、力の全てを注いできた。家族や佐和山は二の次。ましてや己のことなど思惟の端にすら昇らなかった。大谷刑部のような有能な者たちと策を練り、実際に人を動かし、思い描いていた通りにすべてが収まった時、なんともいえぬ心地になる。何事にも不都合は付き纏う。行程に支障を来した時も冷静に対処し、障害が取り除かれると、これもまた、総身が打ち震えるような快感であった。そうして全て上手くいき、殿下の耳に入れる。良くやった。そのひと言が、それまでの苦労をいっぺんに吹き飛ばす。

考え、人や物を動かすことが好きなのだ。好きだからこそ良く頭が回るし、精進もする。武人が槍を振り回すことを好むように、三成は頭を使うことを好んだ。好きなことを存分にやって周囲に嫌われた。本望である。嫌われることには慣れていた。そこで三成は思う。果たして己は、いったい何を嫌っていたのか。

「父上か」

これまでの呟きよりも、幾分弱く、そして深く沈みこんでいるように思う。そんなことを考えていると、頭を覆う手拭の分け目から水滴が流れこんで、額を濡らした。肩に岩肌が触れるほど狭い洞穴のなか、右手をあげて眉間へと流れてゆく滴を指でぬぐう。

まだ織田家の足軽であった頃からともに歩んできた弟と、望みに望んだ末に得た我が子、鶴松。二人が相次いで死んだ頃より、殿下は少しずつ変わっていった。天下を治めるための大義名分でもあった関白の位を甥の秀次に譲り、みずからは海を渡ると言いだし、長年の戦乱から解放された大名たちを、ふたたび戦へと駆りだした。

明との戦はあまりにも無謀過ぎた。朝鮮が素直に道を貸してくれる訳がない。当然、明との戦の前に、朝鮮と戦うことになった。そして秀吉は新たな子を得る。すると関白を譲っていた秀次に謀反の疑いをかけて腹を切らせた。誰もが新たな子可愛さに、甥を捨てたと思う。秀次の嫌疑などこの際どうでも良い。健全だった頃の殿下ならば、皆がどう思うかを真っ先に考えたはずだ。真意がどうであれ、必ず人々は殿下を嫌悪する。秀次を殺すだけでは飽き足らず、その妻子までをも殺し尽くすそのやり方は、暗鬱とした底意を盛大に吐き散らかしただけであった。

思えばあの頃には、もう殿下は死んでいたのかも知れない。肉という枠は残っているが、器のなかはすでに腐り始めていたのではないか。いや、半ば腐っていたのであろう。身近で接していた三成には解る。黄ばんだ目、猜疑しか宿していない瞳、日を追うごとに強くなってゆく老いた体臭。他にもまだまだ思い当たるものはある。あれらはすべて殿下が腐っていた証なのだ。しかし、あの時殿下はまだ生きていた。どれだけ老いていようと、中身が腐っていようと、三成にとって殿下は殿下である。いまになって思うから、冷静に考えることができるが、秀次の妻子を四条河原で皆殺しにした時には、殿下の激しい怒りに戸惑いと恐れを抱きはしたが、腐っているとまでは思わなかった。微かな不審はあったが、不信はなかった。

殿下と己を切り離せていなかったのである。理を重んじるなどと言いながら、殿下の老いを、心の底で認めていなかったのだと思う。理だけで考えればすぐに出る結論を、三成は見て見ぬふりをした。すべては情の為せる業だ。やはり三成にとって、殿下は何者にも代えがたい父だったのである。

「未熟」

しかし、腐敗に気づいたとして、三成にいったい何ができただろうか。秀次や利休(りきゅう)の死を止めることなどできはしない。ましてや朝鮮への出兵を取りやめるなど、できる訳がない。殿下は朽ちてゆきながら、それでも豊臣家のために進み続けた。何があっても三成は、やはり全力で従っていただろう。三成は三成であって三成ではない。殿下なのだ。殿下が腐ってゆくのなら、三成も腐ってゆく。腐って朽ちたその末に待っているのは、無である。殿下は死んだ。が、己はまだ生きている。ここに身体はある。有だ。では、いったいなんのために己はいまこうして生きているのか。

「始末」

闇が濃くなった。穴を覆う筵(むしろ)から漏れる光が無くなったせいだ。夜になった。ここに辿り着いてから幾日経ったのだろうか。殿下に仕えていた頃は腹が痛くなるほど注意していた日付や刻限が、まったく気にならない。いまも周囲は、家康に逆らった諸将を探す兵たちが徘徊している。こうして潜んでいられる間に、どうにかみずからの始末をつけたかった。このままでは死ねない。何故生きたのか、そして何故死ぬのか。納得がいかぬままで、生きることも死ぬこともない。今の三成はまるであの時の殿下のようだ。身体はこうして生きているが、器の裡では少しずつ朽ち始めている。それが己で知覚できているだけ、幸いだと思った。果たしてあの時、殿下は己の腐敗に気付いていたのだろうか。

殿下は焦っていた。怒っていた。それはある特定の何かに対してではない。みずからに触れるすべてに、殿下は怒りを露わにし、何事にも冗長を嫌った。秀頼君が生まれた頃から、顕著になったように思う。それは秀次に切腹を命じた頃とも重なる。己が死した後の秀頼を思い、秀次の存在を嫌悪し、一族惨殺という決断をした時、殿下のなかで何かが変わったのだ。豊臣家に対する憂慮、そしていまは己の存在をもって従わせている家康ら諸国の大名たちへの恐怖。秀次という存在に秀頼を陥れる者の影を重ね合わせ、彼の一族を滅ぼした瞬間、殿下は豊臣家を覆う影に取り憑かれたのだ。秀吉という器の裡が腐ってゆく実感と、愛する秀頼を喰らわんとする狼の群れ。恐怖が怒りとなり、迫りくる死の気配が焦りとなった。

健全だった小田原征伐あたりまでは、殿下の仕草のすべてに陽の気が満ち満ちていた。どれだけ強引な命令であろうと、殿下がひとこと頼むと言って頭を下げれば、誰もが従った。父祖伝来の地である三河を奪われ、関東に転封するなどという強引な命令であっても、殿下が頭を下げて屈託ない笑いでもってすれば、あの家康がうなずくのである。決して力で抑えつけるのではない。人として相対し、情を通じ合わせた末の懇願である。そうしてほだされた者を、三成は何人も見てきた。己にはそんな力は無い。だから敗れた。それは最早、覆しようのない結果だ。

近江の土豪の次男。それが三成の定めであった。兄を良く支え、石田家のために尽くし、近江の地で一生を終える。そんな一生こそが己の生涯であるはずだった。

殿下がいたから三成の定めは激変した。近隣の土豪たちと結束しなければ太刀打ちできなかった大名に、己自身がなるなど、幼い頃は考えもしなかった。武の才のない己が、八万に迫ろうかという大軍を率いて家康の向こうを張って戦をするなど、夢のまた夢であった。すべては殿下あってこそのこと。彼のために生き、生涯をささげたことに悔いはない。定めに従って生きていたら見えなかった景色を、殿下は見せてくれた。それだけで満足である。

三成を此度の戦にむかわせたのは、豊臣を守りたいという想いからであった。我が身が朽ちてゆく恐怖に耐えながら、殿下が必死に守ろうとしたものを、己も守りたかった。

何もかもが順調だったと思う。憂慮すべき事態は方々で起こっていたが、関ヶ原での大戦のその時まで、天下の事象はおおむね掌の上にあった。それがあの半日足らずの戦のなかで、ぼろぼろと零れ落ちたのである。毛利、島津らの沈黙、そして小早川の裏切り。今となっては覆すことのできない失態の数々だ。北条攻めでの失態など比べ物にもならない。所詮、己には人が見えてなかったのだ。殿下のように全てを曝(さら)け出して他人と相対することができず、自己の分別ばかりを気にして、理を盾にしてしか話ができない。性分なのだから仕方がないと割り切ればそれまでなのだが、やはり悔いは残る。

殿下は死ぬまで勝者であり続け、三成は二度と立ち上がれぬほどの敗北を得た。

己は父にはなれなかったのだ。

「そもそもお主は、みずからと向き合ったことがあるのか」

呟きが暗闇に反響して、幾度も耳に届く殿下の、いや己の声が、三成に問う。消えかけたその声に、心中で無いと答える。

殿下の有能な駒であることを第一に考え続けた結果、どこでどのように変質したのかすら、解らない。殿下に会う以前の土豪の次男であった頃と、いまの己は確実に違う。しかし何が違うのかすら、定かではない。己は変わったなどと悠長に言えるような人生を、三成は送っていない。己と向き合ったことのない男が、他人と真正面から向き合うことができるのか。今回の戦でも、すべての者が三成を裏切った訳ではない。大谷刑部や、宇喜多(うきた)秀家(ひでいえ)など、身命を賭して戦ってくれた同胞と呼ぶべき者もいる。彼等には己が、どう見えていたのか。いまさらながら問うてみたい。しかしもはやそれも叶わぬ望みだ。そこまで考えた時、三成は呆然とした。己は何故、刑部や秀家がともに戦ってくれるのかという理由すらはっきりと見いだせずにいる。あの戦の前まで、彼等と毛利や小早川は、三成のなかで同じ場所にあった。ともに戦う同胞という意味で、両者に別は無かったのである。一方は裏切り、一方は最後までともに戦ってくれた。その根底になにがあったのか。いまなら漠然とだが解る気がする。心だ。己と相通ずる何かを、どれだけ多く持っていたか。それが刑部たちと毛利らを分けたものかも知れない。

「四十年も生きて、お主はいったい何をしておったのだ」

自分で自分を叱責する。あまりにも穏やかな声だった。これほどの不始末をしでかした者を叱る時、己がどれほどきつい物言いをしてきたかを思うと、情けなくなる。面前で腹を切らんばかりに顔を赤らめ、必死に歯を食いしばっていた者たちに、昔に戻って謝りたいくらいだった。

けっきょく己には何も見えていなかった。みずからの心の裡すらも解らぬ者に、あれだけの兵を動かすだけの器量があるはずもない。死して当然である。そんな自分にいまさら何ができるのか。三成はうつむいていた顔を上げ、目を見開く。どれだけ凝視してみても、闇は漆黒の揺らめきだけで、わずかな光明すら与えてはくれない。長いこと同じ格好で座り続けていたから、足といわず腕といわず、身体のいたるところが痺れていた。屍同然になっても、身体は生きている。狂おしいほどの刺激でもって、存在を三成に主張する。

「みっともない真似は止めんか」

　身体を律した。当然、痺れは治まらない。しかし己が身に声をかけたことで、はじめてみずからと向き合えたような気がした。こんなちっぽけな洞窟にすっぽりと納まるだけの、矮小な身体である。どれだけ天下を想おうと、しょせん三成は些末な一個の人間なのだ。どこまでも愚かで、どこまでも卑屈。人と正直に接することで、心が傷つくことを恐れる。そんな自分の臆病さが嫌だから、誰よりも理屈を鍛えて、上辺を取り繕う。そうしてできた理の化け物こそ、己なのだ。道理の鎧を剝がしてしまえば、ただの童である。若かりし頃の殿下の御前に、ただひれ伏していただけの童である。あの頃から三成の本質は、何ひとつ変わっていないのだ。

　己、己、己……。これほど自分のことを考えたのは初めてだった。満足している。長かった旅の末に、幼かった頃の自分に戻れたような気がした。齢を重ねた己と、幼き己。久方ぶりの邂逅を、幼き自分は喜んでくれているだろうか。色々な物を見た。多くの務めをこなした。悔いがないといえば嘘になるが、それでも自分には十分過ぎるくらいに充実した人生だったように思う。きっと笑ってくれているはずだ。土豪の子であった頃の自分に、三成は笑いかけた。

〝お主が佐吉か〟

殿下が初めてかけてくれた言葉だった。あの時、己はどう答えただろう。簡潔であれとみずからに命じながら、拙(つたな)い言葉を並べ立てたような気がする。思えば、三成が心底真正面から相対した人物はただ一人、殿下だけだった。

「さぞ無念であったことでしょうな」

敵を滅ぼし、みずからに仇(あだ)なす者たちをねじ伏せてゆく道程の先に、殿下を待っていたのは緩やかな腐敗であった。武士としての生を全うできず、じわじわと迫りくる死を前にして怯える毎日。最期のひと時まで、心休まる時が無かったはずだ。

勝ち続け、秀吉は腐っていった。

最後まで勝者であり続けたことで、己の始末すら付けることができぬほどに朽ち果ててしまった。

三成は敗れた。清々(すがすが)しいほどに敗れた。守るものは何ひとつ無い。だからこそ、父にはできなかったことができる。

すべてが殿下とともにあった。殿下のための一生、殿下のための大戦、何もかもが終わった。

「夢のまた夢……」

不意に暗闇に光が射した。筵の隙間から陽光が入り込んで、濡れた岩肌を幽(かす)かに照らしている。時が止まった思惟の天地にまどろんでみたところで、朝は必ず来るのだ。このまま生きることなど考えられない。追手から逃げ続け、日の本の端まで辿り着き、海を越え、何者でもない一生を得る。それでは腐ってゆく殿下と同じではないか。ただ飯を喰うために生き、命を長らえるためだけに逃げ続ける。弛緩(しかん)した日々のなか、三成の裡は緩やかに腐敗してゆくだろう。腐臭を垂れ流しながら生きることはできない。それがすべてを捧げ、心底から向き合ったただ一人の存在である殿下への、最後の奉公だと思った。豊臣秀吉という男に対し、石田三成という男が果たすべき最後の務め。それは、戦国の覇者であった秀吉だけが望んでも許されなかった己の始末を、三成の身によって果たすこと。戦国の世の敗北者である三成の我が身の始末にこそ、秀吉が欲した死があるはず。誰よりも身近で接してきた三成だから悟ることができた、朽ちてゆく秀吉の悲痛なまでの望みである。

「こ、このなかには重い病を得た杣(そま)が伏せっております。筵を開き側に近寄りますると、お侍様にも害を成すやも知れませぬ。どうか、どうか何卒(なにとぞ)」

筵のむこうで悲痛な叫びが聞こえた。その声は、三成をこの洞窟に匿った若き百姓のものである。

「如何なる者であろうと、この目で確かめねばならん。退け。退かぬとただではおかぬぞ」

「お止めくだされ」

どうやら山狩りをしている連中と、押し問答をしているようだ。

「黙れ」

何かが地面に転がる激しい音がした。百姓が押し飛ばされたのだろう。足音が筵の前で止まった。

「某は田中吉政が家臣」

「解った。いま出る」

筵の外からかけられた言葉を断ち切るように言った。田中吉政は徳川に与した。間違いなく三成を探している兵だ。陽光に照らされた岩肌を見つめながら、三成は深く息を吸った。目を閉じ、瞼の裏に殿下の幻を見る。長浜で出会った頃の、眩しい笑顔であった。

「某は腐りませぬぞ」

殿下に語りかける。

最後は武士として死す。己の身を腐ってゆく前の秀吉と重ねて、いさぎよく死んで見せる。瞼を開き、殿下の幻に別れを告げる。

三成は痺れる腕で筵を押した。

解説

清原康正（文芸評論家）

矢野隆は二〇〇八年に『蛇衆』で第二十一回小説すばる新人賞を受賞してデビューして以来、ネオ時代小説と呼ばれる新機軸の作品を手がけるとともに、シリアスな正統派の歴史小説やユーモアで味つけた歴史小説でも力量を発揮し、独特の人物分析の視点と歴史観で定評を得てきた。

本書『戦始末』からも、こうした特色を明確にうかがい知ることができる。戦国期を生きた七人の武将たちの戦の始末を描き出した短編集なのだが、戦の始末という点に焦点を絞って七人のそれぞれのキャラクターを鮮やかに浮き彫りにしている。この七人とは、木下藤吉郎秀吉、馬場信春、柴田勝政、堀秀政、高橋紹運、島津義弘、石田三成で、戦国ものではすでにおなじみの面々である。分量の少ない短編で、この人物たちのキャラクターをどう料理しているか。それが本書の読み所である。

第一話「禿鼠の股座」の主人公は木下藤吉郎秀吉。織田信長が越前の朝倉義景を攻めたとき、妹・市を嫁にやることで同盟を結んだはずの近江の浅井長政が織田軍の背後に迫ってくる。浅井の離反で朝倉軍との挟撃戦になることを恐れた信長は、即、退却を決意する。援軍として赴いていた盟友の徳川家康に告げることもなく、明智光秀に池田勝正、秀吉の三人に殿軍を命じ、少人数で一目散に京へ逃れる。戦国絵巻では徹底した逃げっぷりで有名な〝金ヶ崎の退き口〟である。

光秀、勝正、秀吉の兵を合わせても四千あまり。万を超す敵勢の激烈な攻めが予想される状況に置かれた秀吉は「儂は捨て駒じゃ」と深い溜息を吐く。そんな秀吉に光秀が「お主は殿のことを好き過ぎて、真の主を忘れておるようじゃ」「真の主は、己以外にあるまい」と語りかけてくる。後の本能寺の変のことを知っている読者としては、光秀のこのセリフはすごく意味深長な響きを持つ。さり気ない両者の会話であるのだが、こうした場面を書き加える作者の感性を感じさせ、思わずうなってしまう。

三人の殿軍に家康の一万の軍勢で、敵の追撃をなんとかかわしていく迫力ある描写がなされていくのだが、そんな状況の中で、秀吉は死にたくないと心では後退を望みながらも、敵勢に向かって行く。敵の只中にいればいるほど、死の気配は濃くなっていく。一刻も早く、この場から立ち去りたかった、と秀吉の心の内が描き出されていく。こんな弱気な秀吉を描いた作品も珍しいのではないか。

だが、この後に、殿軍の先頭、つまりは敵勢から最も遠くにいた秀吉が、殿軍中の殿軍を買って出た光秀の鉄砲隊を踏み分けて、敵勢の前に躍り出るのである。この逆転を決意する秀吉の心理描写がなんとも鮮やか。秀吉の主は秀吉、己が求めるものこそが、命を懸けるに値するもの、仲間を見捨てた先に希望はない、という思いに至る秀吉の思考プロセスを簡潔に描き切っている。

そして、殿軍を終えて京に戻った三人に信長が声をかける場面で、物語は閉じられている。このときの信長と秀吉のユーモラスなやりとりに、二人の繋がりの強さがよく示されている。戦いの場でも、信長謁見の場でも、秀吉の股座の一物が屹立している描写も、秀吉のキャラクターをデフォルメして、より特色づけるものとなっている。

第二話「夢にて候」の主人公は馬場信春。武田信玄に仕えて多くの戦で手柄を立ててきた武田四天王の一人である。その歴戦の勇士が、信玄亡き後、勝頼に従って長篠で織田・徳川連合軍との戦いに臨む。敵の鉄砲隊の威力に、最強と謳われてきた武田騎馬軍団が次々と倒れていく。名のある武将たちがあっけなく討ち死にしていった。勝頼を甲府に帰還させるために、信春は殿軍を務めて必死に槍を振るう。

武の道だけを見据えてひた走ってきた信春だが、この戦場では恐怖を覚える。怖いのは敵ではなく、齢六十一の身体の変調だった。老いてなどいないと叫んでみても、身体は従ってはくれなかった。このところずっと頭に巣くっている痛みにも悩まされていた。それでも信春は嬉々として戦場を駆け回る。怖くはない。まだやれる。宙を舞うように身体が軽い。そう思った瞬間、馬から転がり落ちて、地に伏せていた。敵が群がってきて、無数の槍が突き出される。

信春の最期の戦いぶりを克明に展開することで、武将としての生き様と死に様、そして討ち死にする直前の意識、思いを描き出していく筆致には、この作者ならではの迫力がある。

第三話「勝政の殿軍」の主人公は柴田勝政。武勇の才を見込まれて柴田勝家の養子となった武将である。本能寺の変後に秀吉と勝家が賤ヶ岳でぶつかり合った戦いで、殿軍を務めた勝政は秀吉軍と対峙して、羽柴家小姓衆の脇坂安治の槍で討ち死にする。

理よりも情を優先するのが柴田家の戦であるが、勝政は逆で、どれだけ熱をおびた想いであろうと、理に添わぬのなら押し通すべきではないとする信条の持ち主である。だが、この戦場で、智勇兼備と思っていた己を支えていた一切合切が音をたてて崩れ落ちた。理も武も駄目。己とはいったいなんだったのか、と勝政が最期の瞬間に思う場面で終わる。複雑に錯綜する勝政の心の内を見つめる視点の鋭さで、勝政のキャラクターを浮かび上がらせている。

第四話「四方の器」の主人公は堀秀政。秀吉に仕え、小牧・長久手の戦いで徳川軍と戦った。秀政は己の生の在り方を器のなかの水になぞらえて、一滴も零すことなく、過不足なく十全にやりきることを信条として、自分の分を弁えることで、周囲からも評価を受けてきた。

だが、この戦いで、秀吉の甥・三好信吉を総大将に池田恒興と森長可による三河岡崎城急襲隊に加えられたことで、これまでは器から一滴も零すことがなかった水が零れてしまう。気弱な総大将と鼻息の荒い二名の武将たちの手綱取りが役目だったが、恒興と長可は徳川軍に攻められて討ち死にし、信吉は秀吉のもとに逃げ帰った。潰走した信吉の殿軍を果たしたことで、秀吉から名人と褒められたものの、秀政はちっとも嬉しくなかった。その異名に適うかどうかは、これより先の生き方次第。もう零さぬ、と秀政は決意する。戦場で子守りと老将の手綱取りの役目を冷徹になしとげようとする秀政の心の動きに、作者の視点がしっかりと及んでいる。

第五話「孤軍」の主人公は高橋紹運。大友宗麟に従って国内の反乱を抑え、島津勢と戦った武将で岩屋城主。岩屋城が島津の五万もの大軍にかこまれたとき、息子で豊後大友家を重臣として支えてきた立花道雪の養子となった統虎から、立花城に退くようにとの伝達を受けるが、頑として拒む。長年守ってきた城を棄てて逃げるなど武士にあるまじき行い、と籠城戦を展開して島津軍を十日以上も釘付けにし、秀吉の援軍が来るのを待った。紹運自ら大薙刀を持って戦い、最期は城の高楼で自害した。

己が捨て駒になることで、息子と立花家に活路を与えることに決めた紹運の壮絶な戦いぶりを、父と子の性格の違いを指摘することで描き出した点に、作者の目の付けどころの良さが表れている。

第六話「丸に十文字」の主人公は島津義弘。関ヶ原の合戦では西軍方として千五百の兵で参陣したが、この戦は石田三成と徳川家康との戦いであって、己が戦ではない、と静観を決め込んでいた。その理由を、家康と三成に軽んじられたことで心が萎えていったことにある、と作者は分析する。

そして、小早川秀秋の寝返りに「見事」と喝采を送る義弘の思いを描いた後、よく知られている敵中突破の退却の模様が展開されていく。勝敗の決した戦場を、義弘は「こっから先は儂と家康の喧嘩」と家康の本陣に突き進む。誰のためでもない。ただ島津のため、丸に十文字の旗のため、と六十六歳の義弘は千五百の軍勢とともに一個の鏃と化して突撃した。薩摩へと戻る船上にあったのは、義弘の他には八十人あまりしか残っていなかった。丸に十文字の旗の下に集う侍たちによって徳川幕府が倒されるのは、この戦から二百六十七年後のことである、というラストの記述に歴史の面白さを実感させてくれる。

第七話「我が身の始末」の主人公は石田三成。関ヶ原の合戦に敗れた後、伊吹山の岩窟の中で、なぜ敗けたのか、何が悪かったのか、と自らのこれまでの歩みの始末をつけようと自問自答する三成を描いている。

これまでの四十年の人生はなんだったのか、こんなに己のことだけを考えた日は一日もなかった、と思う。岩窟に潜んでいる間に、自らの始末をつけようとする三成の心の奥底に、作者の筆は及んでいる。己の始末ということに関する三成と秀吉との違いを、作者は最後に三成に語らせている。第四話で、堀秀政に「無念でござりましょう」と声をかける三成が出てくる。佐吉を名乗っていた頃の三成なのだが、この第八話の三成の自問自答を読み終えると、佐吉の声がけが連関してくる思いがする。

七人の武将たちのそれぞれの心の内を見事につかみ出したことで、戦国心理小説に仕上がっている。一人一人の心情を分析していく作者の目の付けどころの良さが、本書の読み所で最大の魅力である。

●本書は二〇一七年一月に、小社より刊行されました。
文庫化にあたり、一部を加筆・修正しました。

|著者|矢野 隆　1976年福岡県生まれ。2008年『蛇衆』で第21回小説すばる新人賞を受賞。その後、『無頼無頼ッ！』『兇』『勝負！』など、ニューウェーブ時代小説と呼ばれる作品を手がける。また、『戦国BASARA3　伊達政宗の章』『NARUTO－ナルト－シカマル新伝』といった、ゲームやコミックのノベライズ作品も執筆して注目される。他の著書に『乱』『弁天の夢　白浪五人男異聞』『清正を破った男』『生きる故』『我が名は秀秋』『鬼神』『山よ奔れ』『大ぼら吹きの城』『朝嵐』『至誠の残滓』などがある。

戦始末

矢野 隆

講談社文庫

定価はカバーに
表示してあります

2020年1月15日第1刷発行

発行者──渡瀬昌彦
発行所──株式会社 講談社
東京都文京区音羽2-12-21　〒112-8001
電話 出版 (03) 5395-3510
販売 (03) 5395-5817
業務 (03) 5395-3615

Printed in Japan

デザイン─菊地信義
本文データ制作─講談社デジタル製作
印刷───豊国印刷株式会社
製本───株式会社国宝社

ISBN978-4-06-518343-4

講談社文庫刊行の辞

二十一世紀の到来を目睫に望みながら、われわれはいま、人類史上かつて例を見ない巨大な転換期をむかえようとしている。

世界も、日本も、激動の予兆に対する期待とおののきを内に蔵して、未知の時代に歩み入ろうとしている。このときにあたり、創業の人野間清治の「ナショナル・エデュケイター」への志を現代に甦らせようと意図して、われわれはここに古今の文芸作品はいうまでもなく、ひろく人文・社会・自然の諸科学から東西の名著を網羅する、新しい綜合文庫の発刊を決意した。

激動の転換期はまた断絶の時代である。われわれは戦後二十五年間の出版文化のありかたへの深い反省をこめて、この断絶の時代にあえて人間的な持続を求めようとする。いたずらに浮薄な商業主義のあだ花を追い求めることなく、長期にわたって良書に生命をあたえようとつとめるところにしか、今後の出版文化の真の繁栄はあり得ないと信じるからである。

同時にわれわれはこの綜合文庫の刊行を通じて、人文・社会・自然の諸科学が、結局人間の学にほかならないことを立証しようと願っている。かつて知識とは、「汝自身を知る」ことにつきていた。現代社会の瑣末な情報の氾濫のなかから、力強い知識の源泉を掘り起し、技術文明のただなかに、生きた人間の姿を復活させること。それこそわれわれの切なる希求である。

われわれは権威に盲従せず、俗流に媚びることなく、渾然一体となって日本の「草の根」をかたちづくる若く新しい世代の人々に、心をこめてこの新しい綜合文庫をおくり届けたい。それは知識の泉であるとともに感受性のふるさとであり、もっとも有機的に組織され、社会に開かれた万人のための大学をめざしている。大方の支援と協力を衷心より切望してやまない。

一九七一年七月

野間省一

2019年12月15日現在